山 纹 选 读

山纹，木之纹理。随着年月的绵延，圈圈积淀。

.
. .
. . .
. .
.

山/纹/阅/读

▼

世情逐云系列
SHIQING ZHUYUN XILIE

张道余 著

知面不知人

天津出版传媒集团

天津人民出版社

图书在版编目（CIP）数据

知面不知人 / 张道余著 . –– 天津 : 天津人民出版
社 , 2018.1（2025.4 重印）
（世情逐云系列）
ISBN 978-7-201-12448-3

Ⅰ . ①知… Ⅱ . ①张… Ⅲ . ①短篇小说 – 小说集 – 中
国 – 当代 Ⅳ . ① I247.7

中国版本图书馆 CIP 数据核字 (2017) 第 288911 号

知面不知人
ZHIMIAN BU ZHIREN

张道余 著

出　　版	天津人民出版社
出 版 人	黄　沛
地　　址	天津市和平区西康路 35 号康岳大厦
邮政编码	300051
网　　址	http://www.tjrmcbs.com
电子邮箱	tjrmcbs@126.com

责任编辑	张　凯
特约编辑	李　路
封面设计	金钻传媒
排版设计	西橙工作室

制版印刷	三河市天润建兴印务有限公司
经　　销	新华书店
开　　本	660×960 毫米　1/16
印　　张	14.5
字　　数	180 千字
版次印次	2018 年 1 月第 1 版　2025 年 4 月第 3 次印刷
定　　价	45.80 元

目录 Contents

目录 Contents

百塑不变是基因

　　张三与李四，是同一个班组的工友，两人相貌都长得奇丑，旁人均不敢正眼相视。到了结婚年龄，仍然门庭冷落，无人问津。转眼年过三旬，尚不知女人滋味。张三怪老天不公，给了他一副丑皮囊。李四怨父母尊容难登大雅之堂，遗传祸身，让他在人前矮了三分。

　　后来，李四愤然辞职，下海经商，不几年工夫，家产累积数百万之巨。真是一富遮百丑，竟引来无数妙龄靓女围追堵截。李四却并未被乱花迷眼，章法不乱，从从容容地于百花丛中精挑细选，与一个花容月貌之女成了婚。

　　现今的李四，开奔驰，拥轿裘，抱娇妻，好不春风得意，且暗自高兴，我丑妻美，阳衰阴盛，遗传基因就可得到改良，弯笋子也会长出直竹子。美娇娘果真不负重托，婚后不久就有了喜。经过十月怀胎，临产之际，送入医院产房。李四于病室中忽遇张三，久别重逢，四目相视，两人便你给我一拳，我给你一掌地亲热得不行。原来张三也是送妻子来医院待产的。再看躺在病床上的张三的妻子，翻眼，豁嘴，塌鼻，活脱脱一个歪瓜裂枣，直要把无盐东施比下去。虽是丑妻，可张三仍是稀罕得像宝贝似的，对她是疼爱有加，嘘寒问暖，关怀备至。李四暗自思忖，贫不择妻，果真如此？哀其不幸，怒其不争，李四不禁同情起过去的同班工友来了，难道张三这么些年，就安于贫穷的命运？莫非仁兄要把这丑的旗帜世世代代扛下去？

李四的妻子生下一个儿子，李四端详儿子的模样，一张脸红红的皱皱的，看不出有啥漂亮的基因。他的心放不到实处，就踅到医生办公室请教医生。医生笑了："你急啥呀？谁家的孩子生下来不是这样？等他长伸了皮，长得丰润圆实的时候，自然就漂亮了！"李四觉得医生说得有些道理。

出院后，李四请来保姆，专心照料母子，他也对母子俩精心呵护，不敢稍有懈怠。儿子一天天长大了，长成了一个胖乎乎的傻小子，模样却愈来愈不尽如人意。医生说的话没兑现，李四成天阴沉着脸，心下便有些郁闷。

儿子3岁时，一天，李四牵着儿子到休闲广场散步，迎面碰见张三，身边跟着一个英俊潇洒的小子。李四羡慕地问："这是谁家孩子呀？长得那么漂亮！"张三掩饰不住得意的神情："我的儿子呀，与你家儿子同时生的，你真好忘性！"这会是张三的儿子？李四不解了：张三两口丑做一堆，却怎么生下这么一个超凡脱俗的儿子？难道是负负得正？我老婆天仙般美貌，生下的儿子却比他老子还要丑陋几分，我前世作了什么孽？两个儿子站在一起，好有薛蟠潘安之比。自家这个宝贝疙瘩，看着就叫人生气：豁着个大嘴，流着令人生烦的涎水；乜翻着眼皮，像兔子一样红红的眼睛；瘪塌着鼻梁，拖着两道永远也擦不干净的鼻涕。

呀，这模样怎么有张三老婆的影子？李四猛地一惊：莫不是医院掉了包，将张三的丑儿子换给了自己？

带着这个疑问，李四来到妇产科医院交涉。当时值班的护士回答他："不可能的事。我们医院的管理制度很严，给婴儿洗澡、喂奶等都有专人负责，且事事有登记，婴儿又是一人一块专用牌，不会弄错的！"李四不相信她们的解释，就一纸诉状将医院告上了法庭。

法庭先出面调解，双方是公说公有理，婆说婆有理。最后没法，只得做亲子鉴定断其真伪。李四已将此事告诉张三，动员张三也一齐打官司。张三说："我不怀疑我养的儿子是我自己的。况且，我哪有钱来做亲子鉴定？"李四碰了一个软钉子，知道他是占了便宜不想放弃。心想，如是做出亲子鉴定后，我养的儿子不是我自己的，那个时候看你还有什么话好说的？

不几日，亲子鉴定的结果出来了，令李四两口子大跌眼镜：那丑小子就是他和妻子的嫡亲骨肉！败诉后，李四弄不明白，质问妻子："你生的儿子不像你，美的基因发生了变异，你说说，这到底是怎么一回事？"妻子见丈夫把矛头指向自己，也毫不客气地针锋相对："怎么一回事？儿子像老子呗！"李四说："不对，人家都说儿像娘嘛。呃，是不是这样的，我听说人的遗传基因有显性隐性之分，是不是你的父母长得不咋样，儿子是隔代遗传了你父母的基因？"

妻子不满地回答："你胡说些啥呀？你若不相信，你可以抽空到我老家去，见见我的父母亲！亏得你，我们结婚这么些年，你还没上过我家的门！"

李四百思不得其解，心口的苦闷无法向人倾述，只得一个人跑到酒吧，一杯又一杯地喝着酒生闷气。

这天晚上，李四的妻子将大门反锁上，悄悄从箱底找出了几张婚前整容的手术单据，唰唰唰地撕了个粉碎。又将这些碎纸丢进马桶里，彻彻底底冲了个干净。情势所迫，她要将这个秘密保守一辈子。

那边厢，张三笑嘻嘻地问妻子："你那肚皮咋会那么争气，给我生下一个漂亮的儿子？"妻子娇嗔地用手指头戳了戳张三的前额："你的心眼好呗，这是老天给你的赏赐！"说着从箱底翻出了一张珍藏的照片，递给了张三："你看你认不认识这个人？"张三拿过一看，眼前为之一亮，嗬，好漂亮一个姑娘，大方，清纯，还透着几分雅致，张三急忙声明："我不认识，我跟她没有关系！"妻子诡谲地笑了："你怎会跟她没有关系？你跟她的关系密切着呢！"张三急了："啊呀，贤妻，你可不能凭空冤枉人！"妻子扑哧一声笑了："傻老公，她就是你的老婆呀！"

老婆？我的老婆会是这么漂亮？张三如坠云里雾里。妻子道："你就只知道你老婆这张脸是被滚油烫过的，你就不问问你老婆没毁容时长的啥模样？告诉你吧，你老婆过去可是有名的大美人呢！"

我老婆原来是个大美人？！张三像喝醉酒似的，乐不可支，搔搔头，嗬嗬地大笑了起来："啊呀，我可捡了个大便宜！原来我那漂亮的儿子是美的回归！"

爱不可绑架

夏孟春老人没个单位依靠，自己开了个小店度日子。他开的惠民商店，卖的都是些日用杂货、油盐醋米，按说都是百姓生活所需，生意好做呀。可是这一带这样的商店太多了，他竞争不过别人，所以商店生意十分冷清，只能勉强养活自己。难怪女儿欢欢也不愿为他守店，远远地外出打工去了。

这天，夏孟春老人关了店门，蹬辆小三轮，去商城进货。返回时，天下起了雨，三轮车下一个陡坡时滑进了沟里，他被重重地摔了一跤，满车的货也倾倒在沟里。他挣扎着，却怎么也爬不出沟。此时，一个年轻人经过这里，赶紧下到沟里将他搀扶了上来，又费尽全身力气将三轮车拖上了路面。年轻人不顾泥污，将散落的货物一件件地提了上来，整整齐齐地码放在车上。见老人腿被摔伤，年轻人干脆叫老人坐在车的一角，将老人和满车货物拉回了店里。老人千恩万谢，要留年轻人吃饭，年轻人摇摇头说："不了，我还有事呢。"老人忙问什么事，年轻人说他要到劳务市场去找工作。夏老汉脑子一转，说："这不正好吗，我店里正缺人，你要是不嫌弃的话，何不在我的店里当个帮手呢？"年轻人看老人的行动不方便，确实需要人帮助，也就点头答应了。

年轻人名叫耿松柏，是一个进城务工的农民。他留在了惠民商店，观察了几天店里的生意后，发现了不少的问题。征得老人的同意后，耿松柏对店里的经营方式进行了改革。首先是调低了零售价，每件商品总比别人要低上个几角或块把，但算下来仍有一定的利润空间。耿松柏的经营理念很明确，就是要搞薄利多销，他认为只有把销路打开了，商店才会有活力。再就是设一部订货电话，顾客需要什么，只要打一个电话就可送货上门。同样，对来店购物的老弱病残者，也主动帮他们送到家里。店里还设立了意见簿和短缺商品登记册，尽量听取消费者的意见和满足他们的需求。这几板斧下去，果真回头客越来越多，影响也越来越大，销售额大增，利润呈直线上升。

耿松柏见商店经营势头转好，就向老人建议，乘此机会扩大店面，将隔壁经营不善的店铺一齐盘过来，搞成一个小型的自选超市。夏老汉说："好呀，搞超市的事我不懂，你就放手地干吧。"不到一个月，在耿松柏的精心运作下，一个崭新的小型超市就开张营业了，生意好得出奇。可问题又来了，店里只有两个人，又要管进货，又要整理货架，接待顾客，还得有专人守在收款机旁，人手显然不够。耿松柏向夏老汉提出过几次，要求增加人手，保证小超市的正常运行，可夏孟春总是以"等等看吧"为理由搪塞。不久，夏老汉的女儿欢欢回来了，欢欢是被父亲叫回来的，一回来就投入到超市的工作中，耿松柏这才明白老人的心思，原来他是不放心外人来参与超市的经营。

其实夏孟春老人的心思远不止此，他是看上了这个善良正直而又聪明能干的小伙子。他不仅是要耿松柏为他打理生意，更是想招耿松柏为上门女婿，好为他传宗接代，养老送终。只有女儿才能拴住耿松柏的心，叫欢欢回家仅是他实现美好愿望的第一步。

夏欢欢回到家，经父亲的点拨，竟很支持父亲的主意。通过一段时间的观察和接触，她也喜欢上了这个朴实机灵的小伙子，就主动地关心起耿松柏来。耿松柏呢，自然也喜欢上了这个漂亮热情的小阿妹。

欢欢恋上了耿松柏，心里可急呢，几次催着父亲尽快操办婚事。夏老汉看看火候也差不多了，就向耿松柏提出了完婚的要求，耿松柏却迟疑了："王叔，我还不想这么早就结婚。我进城来主要是来挣学费的。我已经连续两届考上了大学，因为交不起学费，才没去读成。我太想读大学了，等我大学毕业后再考虑和欢欢的婚事吧。"夏老汉当下便有些不快。欢欢可有些不放心，私下里问耿松柏："松柏，是不是你一读完大学就一准和我结婚？"耿松柏说："我怎会失言呢？只要你是忠于我的，咱们肯定结婚。"欢欢温驯地低下了头："好，那我等着你！"

这天，超市里缺货较多，耿松柏就和欢欢一道去进货。进入商城，欢欢说她要去方便一下，叫耿松柏先到开票处等着。耿松柏等了许久，都不见欢欢来。耿松柏不解了：难道欢欢自个进了货回家去了？他赶忙向店里打了一个电话，夏叔告诉他欢欢没有回来。耿松柏这下慌了神，他把商城里里外外找了个遍，也没见欢欢的影。耿松柏回到店里，和夏叔又一起去找欢欢，把该找的地方都找遍了，也没找见欢欢。等到第二天，仍不见欢欢的消息，两人只得报了警。

派出所很重视这个情况，立即派出警力帮助寻找夏欢欢。警方首先怀疑的对象就是耿松柏，认为他为了尽快筹到学费，极有可能乘进货之机，将货款从夏欢欢手中骗过，然后伙同他人将夏欢欢拐卖或者绑架。耿松柏辩解说："2万元货款一直都在欢欢手里，没过过我的手，况且我怎会有要把老板的钱财据为己有的念头呀？"夏孟春也不相信耿松柏会做这样的事，他说："要是耿松柏昧着良心贪财的话，他早就卷款走了，何必等到今日？"警方通过调查，排除了耿松柏作案的可能。后来，警方又了解到夏欢欢在回家前，曾在打工之地处了一个男友，名叫刘洋。通过调查和了解，也排除了刘洋作案的可能。夏欢欢到底到哪里去了？她的去向成了一个谜。

耿松柏仍是留在店里。欢欢失踪后，超市人手明显不足，夏老汉和耿松柏也一齐到劳务市场去物色过人选。耿松柏坚持要挑漂亮一点的，说这是由消费者的心理因素所决定；夏老汉则坚持要找容貌差一点的，说这样的人才放心。两人意见达不成一致，自然就挑不回人来。人手不够，超市照样要经营，耿松柏就采取订货的方式，由商城送货上门。实在要严格挑选的货物，他则起个大早，货进回后还能赶上超市开门。

半年后，夏老汉突然接到一个电话，一个男子在里面恶狠狠地说："你的女儿被绑架了，赶快拿出5万元来赎人。"夏老汉一惊，不敢轻易相信，忙说："我要听听女儿的声音。"紧接着电话里就传来了欢欢带着哭腔的声音："爸，快拿钱来救我吧，不然他们就要杀人！"夏孟春哆嗦着答应了绑匪的要求，问对方在什么地方交钱？绑匪说你把钱准备好吧，到时候我会通知你。夏孟春赶紧把这件事告诉了警方，警方查了来电显示，电话正是从夏欢欢原来打工那个地区打来的，刘洋又成了重点嫌疑人。

通过反复调查，刘洋居然和这件案子没有关系，他早已到深圳打工去了。通过了解刘洋所在单位的负责人和查阅考勤簿，案发时刘洋一直没离开过深圳。又通过电信部门查找绑匪打来电话的地点，绑匪是在路边的一个电话亭用磁卡打的，仅有的线索又中断了。警察嘱咐夏孟春，待绑匪再打来电话时，一定要想办法跟他多说话，尽量拖延时间。

绑匪再一次打电话来催要赎款，夏孟春在电话里细述筹钱的艰难，叫他再等等，再等等，一筹足钱，他就会拿钱来赎人。此时警方在两地同时展开了紧张的行动，通过电信定向追踪，很快锁定了绑匪的位置，并一举将正打电话的绑匪擒获。

嫌犯是个年轻人，名叫章程。他说，他不是绑架之人，只是受人之托，帮人打电话的。

警官问："你帮谁打电话？"

章程说："我帮夏欢欢打的电话。"

警官说："不对吧，夏欢欢怎会叫你打敲诈电话，恐怕是刘洋叫你打的吧？"

章程辩解道："刘洋？谁是刘洋？我不认识。我不认识的人怎会叫我打电话？"

警官急了："快告诉夏欢欢现在在什么地方？"

章程说她现在可能在医院，他领着警察们一齐到了一座医院，走进了妇产科的一间病房，夏欢欢果真在那里。一问情况，夏欢欢刚在这里生了一个小孩。遭绑架的人却躲在医院里生小孩，这究竟是怎么一回事？

原来夏欢欢在打工期间，同在一处打工的刘洋一直追求她。夏欢欢压根就瞧不起这个没有一技之长的打工仔。可刘洋施展出浑身的解数，处处向夏欢欢讨好献殷勤。夏欢欢一人在外，生活上确实有许多不方便，久而久之，经不住刘洋的死缠滥追，也就勉强接受了刘洋。刘洋的目的达到后，相处了一段时间，所有的劣根都显现了出来。除了吃喝玩乐乱花钱外，最让夏欢欢不能容忍的是，刘洋动不动就拿她出气，动手打她，将她打得遍体鳞伤。夏欢欢早就想离开刘洋了，接到父亲叫她回去的电话，她乘此机会就回到了父亲的身边。

与刘洋相比，耿松柏就显得品味高多了，给人一种憨厚踏实可以信任和依靠的感觉。她自然对耿松柏产生了好感。可此时，她突然发觉自己怀孕了，悄悄地到医院去检查，孩子已经有三个月了，不适合进行人工流产了。她真希望耿松柏能立即和她结婚，好掩盖这尴尬的真相，可耿松柏却说他要等读完大学后才能结婚。她愿意等他，可当她听到耿松柏说"只要你是忠于我的，咱们肯定结婚"时，就担心自己已经怀了别人的孩子，要是让耿松柏知道了，两人的事肯定成不了，于是就打起了悄悄离开到外地，把孩子秘密生下来送人的主意。她原以为拿走2万元货款就能维持到孩子出生，谁知外面开销大，又生过几次病，2万元很快就花光了，她只得靠跟昔日的工友们借钱艰难度日。眼见就到了临产期，可她还没有钱住医院，实在没有办法，这才打起了绑架自己向父亲要钱的歪主意。

耿松柏知道了事情的真相后痛心地表示："人一时糊涂并不可怕，只要能知错改正。可你不能欺骗我呀！夏欢欢，你真糊涂啊，爱是真诚和发自内心的，怎么能被绑架呢？"

被追逃的老人

　　景扬为照顾独处的母亲，将自己的小整容院从城里迁到了郊区。这天，他的整容院走进了一个七十多岁的老人，景扬不由得一愣，这不是他三个月前给整过容的顾客吗？老人也认出了景扬，颇觉尴尬地扭头就要退出，景扬赶紧客气地招呼他："老人家，对我做的整容手术有什么意见吗？"老人嗫嗫嚅嚅地说："我……我想……再做做……整容手术！"

　　哦，再做整容手术，一定是对我上次做的手术不满意了？老人说不是，他只想再改变一下模样。景扬感到不可理解。记得上次来整容的时候，老人十分警觉，连给他在电脑前摄像他都不愿意，当时他就对老人整容的动机产生了疑问。整容手术才做了三个月又来做，不是为了保持年轻，却是为了变换一个面孔，难道他是一个……？

　　景扬一面给老人做着手术，一边在脑子里飞快地打着转：这老人莫不是一个网上通缉的嫌犯，他想以一个谁也未曾见过的陌生面孔出现在众人面前？景扬第一次给老人做手术时，就有一种似曾相识的感觉，但始终没理出个头绪，现在终于想起了是在什么通告上见到过老人的照片，当时由于职业习惯，只专注地研究起照片上老人的面部特征，对通告上的内容一点也没关心。莫非那通告是一份通缉令？有了这个疑问后，景扬决定秘密调查老人的根底。

手术进行完后，他悄悄跟在了老人的后面，老人不时警觉地回过头来瞅瞅，看看后面有没有人跟踪，然后又快速地朝前走去，动作之快，像经过专门训练似的。只见老人穿街过巷，左转右转，景扬跟得晕头转向气喘吁吁的。突然，老人飞快地走进了一家大型的购物中心，景扬见势不妙，以百米冲刺的速度跟了进去，在偌大个购物中心楼上楼下找了个遍，又反反复复细细地筛过几遍，可哪里还有老人的影？

此次跟丢了人后，景扬做好了充分的准备。一个多星期后，老人来整容院拆线和进行最后修复，他一离院，景扬和他的助手及一名护士就悄悄跟了出去。老人此次选择了另一个方向，也是左转右转极其诡秘地走进了一家大型的超市。幸好景扬和他的助手已将附近的几家购物中心及超市的各个出口做了详细的调查，老人一走进超市后，他们三人就分别把好了超市三道门的出口。不久，景扬的手机响了，是护士打来的，说老人已从超市的西面出口出来了，她正跟在他的后面，景扬和助手分别小跑着与护士汇合到了一起。

跟到了郊外的一个乡村，见老人钻进了一家偏僻的农户。穿着得体举止文雅的老者会是一个农民？绝对不可能！景扬来到村里调查。有的村民说，老人是个外来租住者，住进这里才一个多月，跟他住在一起的是一个中年妇女。两人平时很少外出，只有一早一晚才偶尔能见到他们的身影。一个村民说，他的一位亲戚在北郊的一个乡村也见到过这对老夫妻，让这位亲戚感到奇怪的是，这对老夫妻只在那里租住了一个月就神秘地消失了。城里的老人在城外打一枪换一个地方地东躲西藏，景扬更加坚信自己的怀疑：老人是一个逃犯。他带着自己在电脑上悄悄备份的资料，到公安局举报了这个老人。

公安局刑侦大队很重视这个情况，立即派了两名便衣干警随景扬来到了老人的居住地了解情况，到租住地一看，却是"铁将军把门"。房东说，老人刚刚搬走，走时十分慌张。便衣干警对景扬说，从现在掌握的材料看，网上查不出老人被通缉的资料，老人整容时所报的姓名很可能是假的。户口上也没查出与老人相符的人。但他们会把这个反常老人的根底查个明明白白。

几个月后，整容院里来了一位中年妇女，拿着一张照片问景扬见没见过这个人。景扬接过照片一看，这不就是他和警方都要找的那个老人吗？他问对方是不是检察院的，中年妇女摇了摇头："我在广都区妇联工作。"妇联工作的人找老人干嘛，难道是老人的家人给他通风报信？妇联干部见景扬心生疑惑，就说，她是受老人的一位朋友的委托，知道老人近来频频做整容手术，所以在这里来打听老人的下落。景扬说出了自己对老人的怀疑。妇联干部呵呵地笑了："通缉？你说老人家被通缉？呵呵，他是被通缉，不过不是被公安部门通缉，而是被他的儿女们'通缉'！"

怎么，老人是被自己的儿女们追逃？景扬如坠云里雾里。妇联干部娓娓地道出了实情。

余时进是一名退休的老干部，五年前丧了偶。他的几个子女都很有出息，有的是厂长，有的是经理，还有的在政府担任要职。子女们对父亲也都很孝敬，都希望父亲能住进自己的家里享享清福。但余时进在哪家都住不习惯，仍是待在自家的老屋一个人过日子。子女们只得给父亲雇了一个农村来的老保姆，照顾他的生活起居。老保姆照顾老人很尽心，余时进的日子过得很惬意。谁知日久生情，余时进渐渐地从心底喜欢上了这位贤惠善良的保姆，就向子女们提出，准备与保姆结婚。什么？参加革命几十年的老父亲要为他们找一个乡下来的后妈，会让他们这些有头有脸的子女们在人前直不了腰，这有多丢人！

这下犹如捅了马蜂窝，子女们慌了神，轮番前来劝说父亲，还一次次地背着父亲将保姆赶走。一生坎坷的老父亲为了自己的幸福，当然不愿听任子女们的摆布了，并且针锋相对地戳穿了他们的自私与虚荣。子女们见劝说不了父亲，就动粗动硬地横刀阻爱，背着父亲将老保姆硬拉上小车，将她"押送"回了几百里外的农村老家。父亲回家知道这个情况后，暴跳如雷，气鼓鼓地对谁也不打一声招呼，就离家出走了。子女们料想他是"私奔"去了老保姆那里，就追到老保姆家，谁知不仅没见到父亲，连老保姆也玩起了失踪。

几个月后，他们终于在城区的另一个角落里发现了父亲与老保姆租住的爱巢。开始仍是动之以情、晓之以理地劝说，见父亲铁了心要跟老保姆过，子女们气愤地将屋内家具乱砸一通，愤愤而去。余时进与老保姆只得与子女们打起了游击战，这里租住几个月，被子女发现后，又到那里去租住几个月；阵地也由市区转移到了郊区，又由近郊转移到了远郊。为了避免子女和熟识的人发现他，他干脆打起了整容"变脸"的主意。子女们已是一年多不知道父亲的踪迹了，只得悬赏贴出了印有老人照片的寻人启事。

后来，余时进的一位老友将老人的遭遇反映到了区妇联后，这位热心的妇联干部来到了余时进的子女家，一家一家地做通了他们的工作，子女们这才落下了个明白。现在最重要的是要迅速找到老人，子女们准备一齐向父亲表示道歉和祝贺，让他能幸福地安度晚年。

景扬知道事情的真相后，心中不由一震：老人追求自己幸福生活的精神是多么顽强执着啊，他一定要动员在各地的同行，在老人再次前来做"变脸"手术时，把子女们已对他解除了"通缉令"这个好消息告诉给老人。他同时也在心里提醒自己，该为多年寡居的母亲做点什么呢？

有个美女『勾引』我

李若愚一上火车就挑了一个靠窗的座位坐下。不一会，来了一位美女和一位帅哥。美女典雅文静，有一种摄人心魄的美。帅哥高大威猛，很绅士地用手呈弧形优雅地一指，将美女安排在李若愚对面的窗口位置坐下。能与一位美女面对面地一道旅行，近距离地饱餐美色，李若愚认为是一桩快事。

火车启动了，美女友好地向李若愚点头微笑，李若愚心里像吹进了一阵春风，也点头报之一笑。但接下来美女的举动就不雅了，不断地向李若愚挤眉弄眼，还时不时在茶几下用腿来蹭他，很明显是在用色相勾引他。李若愚暗生诧异：我与她素不相识，萍水相逢才几分钟，还当着她男友的面，她竟能放肆浪荡到这个地步，可见不是一只什么好鸟。接着，美女从挎包里拿出了一面小镜子，对着镜子用唇膏涂抹着嘴唇，但却是上下不停地乱画着，两眼直溜溜地盯着李若愚，像要把李若愚的魂都勾了去。连坐在李若愚身旁的一个老者都看不下去了，厌恶地将头侧向了一边。帅哥却稳稳地端坐闭目养神，全然不知他的女友干了些啥。此时美女的美在李若愚的心里大打了折扣。

一会儿，美女又嚷嚷着要去卫生间，帅哥关切地递过一包纸巾，跟着美女去了。嘀，连去卫生间也要当护花使者，多么恩爱的一对情侣！那美女却还不知足，吃着碗里的，还望着锅里的！嗯，不对，美女敢当着男友的面勾引其他男人，说不定他们就是一个诈骗团伙中的成员，先用女色迷住诈骗对象，等你有什么菲分之举时，就乘机大敲你一笔。这种事太多了，李若愚不由打了一个寒噤。

美女方便回来后，仍是对着小镜子用唇膏涂抹着不知涂了多少遍的嘴唇。面对美女轻浮的举动，李若愚把头转向了窗外，只用两眼的余光瞟着美女，很有点柳下惠坐怀不乱的气节。美女仍不甘心，把那面小镜子反过来晃来晃去照着李若愚，李若愚气不过，猛一下掉过头来，狠狠地瞪了一眼美女。

美女见她的勾引不起作用，又嚷着口渴了，要她旁边的帅哥去打开水。帅哥拿着口盅，望了李若愚一眼，分明不想动身。李若愚懂了：美女是想支走帅哥，帅哥不放心，正在左右为难之际。哼，难道他想与这样不知羞耻的女人单独处在一起？眼不见心不烦，于是就主动接过帅哥手中的口盅："正好我也要去打开水，我顺带给你捎回吧！"

一会儿，李若愚没捎回开水，却领来了两位乘警，帅哥见状起身要溜，却被两位乘警一左一右架住了。

李若愚也跟着到了乘务室。通过美女的揭发和帅哥的交代，李若愚才弄清楚了事情的原委。

原来，美女是一个大公司的白领，她通过网络聊天，结识了这名帅哥。帅哥急于与她见面，在约定碰面的地方，却被帅哥和他带来的一帮兄弟劫持，逼着她到另一座城市去卖淫。她是被这群人挟持着上的火车。上火车后，她就一直盘算着怎样报警脱身。见对面坐着的李若愚，她就千方百计想引起他的注意，又用唇膏反反复复在自己的嘴前画出"110"的字样，哪知李若愚并不解她的这个"风情"。后来她把"110"用唇膏写在了自己的手心，通过镜子的反射让李若愚看到，李若愚这下才悟到了美女的异常举动后面一定藏着什么秘密，机智地报了警。

三年后，美女成了李若愚的妻子。

不赌为赢

　　韩石林从边远山区来到沙溪煤矿当上了一名正式的矿工，工作辛苦点倒没啥，最难熬的就是寂寞。沙溪煤矿地处偏僻，文化生活十分贫乏，赌博之风盛行。工余时，工友们一个个都进了赌场，吆五喝六，赌得个昏天黑地。

　　工友们也邀请韩石林去快活快活，向他鼓吹可赢上大把的钱，可都被他拒绝了。他有他的考虑：去这些场所，不仅会挥霍掉自己辛苦挣来的血汗钱，还会养成不好的品性，甚至惹事或犯罪。说什么赌场上会赢大把的钱，那都是蛊惑人心的鬼话，不赌才是真正的大赢家。

　　这天，同班工友刘大贵见韩石林很无聊，就对他说："我给你介绍一个对象，怎么样？"韩石林已经28岁了，早该处女朋友结婚了，可他远离家乡，不便在家乡解决个人问题；而当地女孩又很难瞧得起矿工，别人曾给他介绍过几个女孩，都没谈成。刘大贵是本地人，人脉广，兴许能帮他解决这个老大难问题。于是韩石林就点头应允了。

可刘大贵马上就嬉皮笑脸地提出了要求："石林兄弟，借给我1000元钱吧，解解我眼前的急，过几天我就还给你！"韩石林道："钱我可以借给你，你可不要……不要拿去赌呵！"刘大贵搔搔头皮："嘿嘿嘿嘿，哪能呢！你放心，你找对象的事，我一准给你搞定！"韩石林对这事很上心，见工友要热心帮他，没多加考虑就慷慨地许下了愿："这样吧，你把对象给我谈成了，这1000元就用不着还了！"刘大贵拿着钱笑呵呵地离去。

过了一个星期，却不见刘大贵有什么动静，韩石林急了："你给我介绍的女孩在哪里？"刘大贵搪塞道："别急，别急，心急吃不得热豆腐嘛！"又过了几天，才见刘大贵神神秘秘地递给他一张女孩的照片。韩石林一看，是一个穿着时尚非常漂亮的女孩。韩石林以为是刘大贵跟他开玩笑，用一张明星照来糊弄他，就用一种很奇怪的眼神盯着刘大贵。

刘大贵见韩石林疑惑，急忙解释："啊，这是一张艺术照，就是一个普通的女孩，经过化妆进行艺术造型后，也能拍出这种效果！"韩石林将信将疑地收下了照片，但他要求立即能见到这个女孩。刘大贵却说："啊呀，这可不行！女孩去她姑姑家了，要好些天才能回来呢，回来后我一准让你俩见面！"接着就磨磨蹭蹭地提出要再借2000元钱。韩石林也是找对象的心切，只得又把钱给了他。

可是又过了许久，仍不见刘大贵向他提起这码事，韩石林就天天催问，并且表明，要是办不成事，就得退回这3000元钱。终于有一天，刘大贵对他说，那姑娘今天要到镇上来逛商场，可以远远地指给他看，但切不可上前搭腔，因为还没有完全跟女孩挑明这件事呢。韩石林搞不明白，怎么介绍个对象，还要这么慢吞吞地一等二看三通过呀？

两人在商场对面找了个茶铺，拣了两个靠窗的座位坐下。不久，刘大贵指着一个从商场出来的红衣女子说："喏，就是她！"韩石贵不由眼前一亮：嘀，好苗条的身段，好漂亮的脸蛋，姑娘迈着碎步，袅袅娜娜地走来，真撩人的心。韩石林呆呆地眼都看直了，心也看酥了，他按捺不住就要走出茶铺迎上前去，却被刘大贵一把拉了回来。

韩石贵顾不了这许多，等刘大贵离开后，他揣着怦怦的心跳，满大街去找寻。走过了几条街后，终于找到了红衣姑娘，然后悄悄地跟在了她的后面。

红衣姑娘在街上溜达了一阵，就走出了集镇。韩石林远远地跟在姑娘的后面，走过曲曲弯弯的山道，来到了一个小山村，姑娘进了一户院门。韩石林站在院外犹豫了：是进还是退？他在院门外徘徊了许久，最后终于鼓足勇气敲响了门。红衣姑娘开门一看，颇感意外："你是？"韩石林红着脸嗫嚅道："哦，我是……我是刘大贵的工友，是他介绍我来的！"当姑娘听说来人是刘大贵的工友，忙热情相邀："屋里坐！屋里坐！"

韩石林是第一次这么面对面地挨着一个年轻漂亮的姑娘坐着，显得局促不安，手脚都不知道该往哪里放。姑娘问他有什么事，他的脸又唰地红了，吞吞吐吐好半天，才把来意说清楚了。谁知姑娘却脸色大变："这……这刘大贵怎么能这样呢？"韩石林见姑娘不悦，知道自己的造访有些唐突，心想一定是因为刘大贵到现在都还没跟这姑娘通气，让姑娘感到突然，感到难堪。他忙表示："对不起！对不起！"起身就要告辞。

姑娘却把韩石林留了下来，询问他事情的详细过程，韩石林只得把事情说了个明白。姑娘道："很明显是刘大贵骗了你，难道他不知道，我已是一个有夫之妇？刘大贵好赌，他骗你的3000元钱一定是拿到赌场去了，你得赶紧去追回来！"韩石林方知由于自己心急，竟不辨真伪，上了刘大贵的当，干下了这等荒唐事。

姑娘告诉他，她都结婚三年了，丈夫是一个铁路工人，常年在外造桥筑路，一年只有一个多月待在家里。因为她和刘大贵是同乡，虽然是刘大贵骗的人，但也觉得很对不起他。她还说，如果韩石林愿意的话，她乐意给他介绍一个女朋友。但有一个前提，他必须是一个不沾赌毒恶习的人。韩石林见红衣姑娘不但不责怪他，还这么善解人意地替他考虑，便点头表示同意："我绝不赌博，我深知赌博的危害性！"姑娘问他要找一个什么样的女人，韩石林涨红着脸说："就……就……就找个像你这样的姑娘就行。"

姑娘名叫李惠英，以后韩石林就尊称她为嫂子。因有给他找女友这码事，他们见面的机会就多了起来。韩石林见嫂子家的粗重活都由一个柔弱的女人咬着牙硬撑着，就主动地揽了过来，李惠英自是感激不尽。

不久，李惠英就给韩石林物色到一个姑娘，名叫杨春花，是个外来妹，长得也还齐整，人也勤快，在镇上街边摆了个缝纫摊谋生。相互来往过几次后，韩石林对杨春花比较满意，杨春花也喜欢上了这个憨厚勤劳的小伙子。处了半年朋友后，他们就商量着筹办婚事。

然而天有不测风云。这天，韩石林在井下挖煤时，隐隐听到了头顶上有沙石滑落的声音，他情知不妙，知道是冒顶了，赶紧一掌推开了身边一个刚参加工作不久的工友。工友得救了，他却因躲闪不及被垮下的石块砸成了重伤。

韩石林被送到了医院进行抢救。手术几天后，他终于度过了危险期，但却落下了下肢致残的可能。李惠英获知了这个不幸的消息后，立即通知了杨春花，两人一道去医院看望韩石林。杨春花看韩石林的伤势严重，后果不堪设想，心下便有些畏惧和犹像，只象征性地去过两次后，就再也没去医院与韩石林打照面了。韩石林躺在病床上，本来就为自己的前程担忧，现在又见最亲爱的人也疏远了他，心里就更加伤心。李惠芳去找过杨春花多次，提醒她这是韩石林的关键时期，动员杨春花应多去看望韩石林，多关心和鼓励他，让他感受到来自恋人的温暖，增加战胜伤痛的勇气。可杨春花就是闷着声不表态。催逼得急了，杨春花竟赌气地说："你愿意去终生陪伴一个残疾人，你就去呗！"李惠英真拿她没办法。

李惠英自有主张，还是坚持去了医院，以一个朋友的身份去尽心护理韩石林，并时时开导和鼓励他。还别说，李惠英的话还真管用，像灵丹妙药一样，韩石林非常爱听，并认真地照着办，积极地配合医生治疗，只三个月工夫，腿伤就基本愈合，能下地挪挪步了。在韩石林的再三要求下，医生同意了韩石林回家养伤的请求。

李惠英提出去她家养伤方便些，韩石林急忙摇头："不妥不妥，给你添麻烦不说，我一个单身男子住在你家里，叫别人怎么看呀？"李惠英把眼一愣："别人爱怎么说就怎么说，我该怎么做还怎么做！我现在也是一个自由人了，我也有选择自己生活方式的权利！"韩石林迷惑不解："嫂子，你……你可不能做出对不起铁路大哥的事哟！"李惠英气鼓鼓地回了几句："是我对不起他？是他对不起我！彻彻底底对不起我！"

韩石林更是感到奇怪："嫂子，你得说清楚，铁路大哥到底怎么啦？"

李惠英这才告诉他，她已和男人离了婚。她男人不好好工作，成天在外面狂赌，把什么都输光了，还把自己的老婆押给了别人，她家里就经常有男人上门来纠缠，都让她给骂走了。"你说说，像这样没有廉耻和自尊的男人，我还能与他共同生活下去吗？"

韩石林表示怀疑："怎么会呢？大哥离家那么远，他纵是有这么些荒唐事，也不会牵扯到你呀？"

李惠英幽幽地反问："哎，石林兄弟，你是真傻呀还是装糊涂？我们相识这么久了，难道你还没看出来，我男人就是刘大贵呀！就是那个你受了这么重的伤，他也没能从赌场上抽身来看望你一下的刘大贵呀！"

刘大贵？怎么会是刘大贵？韩石林听得云里雾里的。

李惠英解释道："你第一次突然出现在我面前的时候，我是家丑不可外扬，也想给男人留一点面子，希望他能改掉这恶习，所以才没跟你说实话。你想想看，刘大贵成天泡在赌场里，家里的一摊子事一点也不管，还赌红了眼，把老婆也要拱手让人，我做人还有什么尊严？这样屈辱的日子我怎么还能过下去？自然就只有离婚各走各的路啰！告诉你吧，我们都离婚半年多了！"

在李惠英的再三解释和动员下，韩石林终于读懂了李惠英的心，去到她家里养伤。李惠英像对待亲人一样精心照料韩石林，韩石林的身体恢复得很快。俗话说，日久生情，相处了一段时间后，两颗年轻的心都碰出了火花。在韩石林身体完全康复重新走上工作岗位之际，他们喜结连理，过上了幸福美满的日子。

不赌为赢，韩石林以一颗诚挚的心赢得了一桩美好的姻缘。

冒死爱一回

　　白洁长得实在是太漂亮了，心仪她的小伙子不计其数。但一旦有人大胆追求她，她就会坦率地告诉对方，她是一个在殡仪馆给死者整容的化妆师，吓得对方直咋舌后退。所以直到25岁了，还没有一个小伙子有胆量敢和她坚持相处下去。

　　这天，殡仪馆又开回一辆送死者火化的专用车，白洁赶紧回到了她的工作室。紧接着，两个年轻人抬着死者走了进来。白洁一看，觉得其中一个年轻人有些面熟，这个年轻人也恰好与白洁的眼光对视，像触了电似的，两人都不自觉地轻轻"哦"了一声。

　　这名年轻人叫段晓，是由一位阿姨介绍与白洁认识的。当段晓听白洁自我介绍说她是给死者整容的化妆师时，不由扶了扶鼻梁上的眼镜："你吓唬我的吧？这么漂亮的姑娘怎会去干这职业？"白洁毫不掩饰对自己职业的热爱："这职业怎么啦？死亡是每一个人早晚都得面对的事情，无论他一生多么辉煌，最终都会是这个归宿。我做的事就是让一个人体体面面地离开这个世界——这职业有什么不好？"段晓很会为白洁着想："这职业是没什么说的。可是，为什么不让其他人去干呢？"白洁意味深长地反问："你说呢？"

段晓还是不相信白洁会干这职业，认为她是在有意考验自己。有一次上班时间，他悄悄跟在了白洁的后面，见她果真走进了城郊的殡仪馆，这才相信她说的是实情。要与一个成天与死人打交道的人生活在一起，让他感到不寒而栗，面子上和心理上也过意不去。他还是退缩了。

现在两人在这种场合见面，不免都有些尴尬。不过白洁很快就调整好情绪，她很专业地招呼两位年轻人将死者抬上了工作台，她穿戴好工作服，就动手给死者化妆整容。

死者脸上满是血污，白洁用镊子夹着酒精棉球为死者擦拭。白洁擦得很仔细，每一个部位都反反复复清洗，最后还用洁白的纸巾揩拭干净。她神情专注，凝神屏气，每一个细微的动作，都饱含着对死者的尊重。那认真劲儿，不像是给死者整容，倒像是给一位熟睡的新郎化婚妆，令死者的亲友感到无比欣慰。

擦着擦着，白洁的手却突然停住了，她抬起头来问："段先生，死者是你的什么人？"

段晓答道："朋友，我们和他是哥们。"段晓回首示意与他共同抬死者进来的那位年轻人。

"他是怎么死的？"白洁冷冷地问。

"车祸，他在高速路上飙车，与一辆大货车撞到了一起，还没送到医院就死了。"

"撒谎！他不是车祸死的！"

"真的呢，你看，这是医院给他出的死亡证明。"

"证明，死亡证明？我看与你同来的那位先生是医生吧？你们什么事做不出来？段先生，你要不说实话，我就报警了——他是被你们谋害死的！"

段晓一急，结结巴巴说不清楚话了："别……别……千万别……呵，雷鸣是与别人打架，寡不敌众，被别人殴打，失血过多而死的！"

"越编越离谱了，段晓先生，你们演的真是一出好戏！可怜的死人，憋着气不难受吗？还不快起来说说你究竟是怎么'死'的？"白洁说着，用粉拳擂了一下"死者"的大腿，"死者"猛一下从床板上蹦了起来，蹲在地上咯咯咯笑个不停，霎时，肃穆的整容场面变成了一场荒唐的闹剧。

白洁把脸一翻，态度十分严肃："我看你们三人是走错了地方，应该集体去精神病医院才是！"

段晓一下傻眼了，没想到他们三人精心编排的好戏在白洁面前穿帮了。这究竟是怎么一回事？原来，段晓只是厌恶白洁的职业，离开白洁后，他脑子里晃动着的满是白洁的影子，他明白，是白洁高雅的气质和美丽的容貌征服了他，他已经深深爱上了白洁。可好马怎好吃回头草呀？他把自己的心事告诉给了他的两个哥们，罗卓仁和雷鸣积极地给他想办法出主意，商量来商量去，最后策划了这场冒死闯殡仪馆以接近白洁的荒唐行动。段晓老实交代说，他来殡仪馆有两个目的，一是向白洁表达爱意，二是来这场所练练胆子。

段晓满以为白洁听了他这番发自内心的表白会被感动，会欣然接受他的再次求爱，谁知白洁却冷冷地说："亏你想得出来，油漆也敢往别人脸上抹？"

白洁冷若冰霜的脸蛋将段晓燃起的爱情之火彻底浇灭。

半年后，雷鸣给段晓送来了结婚喜帖，段晓接过喜帖一看，与雷鸣共结连理的竟是白洁。段晓问这是为什么。雷鸣说，白洁告诉过他，她的爱人不仅要爱她这个人，也要接受她的这份职业，"白洁说我能以'死者'的身份接受她的整容，说明我对她的这份职业是可以接受的。"

段晓听后别提有多后悔了！

就这不能卖

陈实高考后，自我感觉非常好，认为上重点大学没有问题。去年他虽然也考取了上海的一所重点大学，可父亲的风湿性关节炎犯了，一下耗尽了家中所有的积蓄，他又不能丢下有病的父亲一人在家，于是就放弃了此次读大学的机会。今年，他经过反复考虑，决定带着父亲一道进城，边打工边照顾父亲的身体。如果能圆了大学梦，开学进入大学后他就一边勤工俭学，一边照顾好父亲。如果打工不顺利，他就只得再一次推迟上学时间了。

来到上海，陈实在城郊租了一间简易的住房，将父亲安顿了下来，就到城里去找工作了。找了好几天，最后在一个建筑工地做了一个出苦力的杂工。辛辛苦苦工作了一个月后，却不见老板发工资。陈实问工友这是怎么一回事？工友说，按这家公司的惯例，半年后能发上工资就不错了，哪有一个月就能拿到工资的？

陈实觉得不妥，他大学录取通知书已经在手，这样下去，开学时他哪有钱去报名读书？他赶紧辞掉了工地上的打杂工作，另外想想法子。他听人说海边渔村很缺人手，就试着去渔村找事做。

陈实来到渔村的一家小卖部打听，小卖部老板见他人老实，愿意帮他的忙，说有一家渔民出海打鱼正需要人帮衬，问陈实愿不愿意去渔船上帮工。陈实说只要能按时发工资就行。刘老板告诉他，这些渔民都是出一趟海回来后就结算一次工资，不会拖欠的，让陈实三天后等他的消息。

这天天气十分闷热，陈实见工作有了眉目，就想到海里去游游泳。他身着一条短裤就扑向了大海。好久都没有这么轻松地在水里游泳了，他挥动双臂，向大海深处游去。

今年夏天奇热，来海里游泳的人特别多。陈实快速地撂下了一拨又一拨人，离岸边已经很远很远了。畅游了一会，在附近巡逻的一艘快艇上的高音喇叭突然喊话了，告知大家将有一次大的海浪袭来，提醒游泳的人立即往岸边游。陈实自小在长江边长大，仗着水性好，就没把海浪当回事，依然自由自在地在海水里徜徉着。

半个小时后，海浪从大海深处一浪赶着一浪地来了，气势汹汹，排山倒海，陈实明显地感到有一股巨大的力量在推动着他的身体。他没半点畏惧，反而欢快地击打着海水，更加体味到奋力拼搏的艰辛和乐趣。

突然，远方传来了一声声微弱的呼救声，陈实循着呼救声一望，只见一百多米外有一个小红点在海水中一起一伏地颠簸着。呀，那是一个在汹涌的海浪中拼命挣扎的人，看来此人的水性不行，已经遇到了危险，他怎么就没有听到海浪预警的通知呢？巡逻快艇也发现了这个呼救者，快速向呼救者驶去，却意外地在途中发生了故障，不停地在海水里打着旋旋。

陈实知道情况危急，迅即向小红点游去。由于是逆着海浪的方向而游，陈实游得非常吃力。但他巧妙地避开波峰，选择好角度，利用波谷扑来的一瞬间斜着身体奋力往前猛划，迎击了一个又一个波涛，终于游近了小红点。

陈实一看，竟是一个十五六岁的少女。他赶紧一手托着姑娘，嘱咐她不要紧张，一手划着水，借着波涛的推拥，好不容易才游到了岸边。一上岸，他已经筋疲力尽了，将姑娘交给了在岸边援救的人们，就躺在沙滩上喘着粗气。

等陈实缓过气来，海滩上的人已经散尽，他自然也没把这件事放在心上。

三天后，他如约来到渔村小卖部，刘老板告诉他："被救少女的家人急着找你呢，你没留电话，我也帮着他着急呢。"陈实说："小事一桩，何足挂齿？"刘老板说："不呢，人家点明要见你的面，要当面酬谢你。"说着就拨通了对方的电话。

不一会，小卖部门前开来了一辆小车，从小车上下来一个精明的中年人。他自我介绍说，他叫钟泽厚，是替远在美国的WD跨国公司的约翰董事长来答谢他女儿的救命恩人的。

陈实一听，接连摇头否认："不对不对，我救的是一个中国姑娘，不是外国人。"钟泽厚道："没错呀，董事长千金是一个美籍华人，她自然和中国人没有什么两样了。"

陈实这才明白他救了一个外国小姐，居然还是一个外国大老板的千金。钟泽厚将一个鼓囊囊的牛皮纸信封递给了陈实，说是董事长给的2万元酬金。

陈实说什么也不愿收，表示他只是做了一件他应该做的事，哪能受此大礼？钟泽厚说："不收可不行，这是董事长交代的任务，你若不收下，董事长就会怪我们办事不力。"刘老板也在一旁劝道："小陈还是收下吧，这是外国大老板的一片心意。再说你父亲治病和你读大学不正需要钱吗？"陈实见推托不过，恭敬不如从命，只得把钱收下了。

陈实拿着2万元钱回家跟父亲把这事一说，父亲很是高兴，直夸他做得好，只是不该接受人家的财礼。有了钱，陈实领着父亲到一家医院去看了病，取回了药在家里慢慢服用，然后跟着渔民上了渔船出海打鱼去了。

陈实虽不会在海上捕鱼，但他干活十分卖力，见什么就干什么。这次出海运气好，碰上了大的鱼群，渔船获得了大丰收。在海上辛勤劳作半个月回来后，渔船主人爽快地给了他2000元工资。

陈实刚要回家见父亲，小卖部刘老板又叫上了他，说钟泽厚还有事找他，让他在小卖部等一等。

不一会，钟泽厚开着小车来了，从车上下来一位姑娘。钟泽厚对陈实说，董事长又从美国打来电话，说此事他们办得太草率，怎能是给了酬金就算了事，一定要让女儿当面向救命恩人致谢，所以他就把沪美小姐带来了。

沪美小姐恭恭敬敬地向陈实鞠了三鞠躬，抬起头向救命恩人腼腆地一笑："谢谢恩人！"

陈实乍一见沪美，觉得非常陌生，根本不是他那天救起来的少女，心里一个激灵。他礼貌地招呼过沪美后，将钟泽厚拉在一旁悄悄地告诉他："我那天救的不是沪美，是你们弄错了，无功不受禄，我得把钱退给你们。"

钟泽厚被弄糊涂了："是你救的就是你救的嘛，怎么还要借故推托？"他赶忙将陈实请上了车："走，我们先将沪美小姐送回学校后，回头再来谈这码事。"

将沪美小姐送回她就读的大学后，钟泽厚开着车和陈实一齐来到了他的住地。陈实当着钟泽厚的面，把此事的真相向父亲说了。父亲也坚持应该把酬金退回。钟泽厚看着陈实空荡荡赤贫的家，和递回来的2万元巨款，心中不禁涌起了一股酸酸的滋味。他激动地说："你……你们……哎，不管是怎么回事，你们还是把这钱收下吧，你们现在这个境况，多需要这笔钱啊！"父亲正色道："咱们穷和该不该收这笔钱是两码事，做人诚实是最要紧的。"陈实态度也十分坚决。钟泽厚只得极不情愿地收回了这笔钱。

陈实满以为这件事就这么了了，他盘算着再跟着渔老板出海去打几次鱼，他报名读大学的钱也就差不多了。谁知他又一次出海回来后，钟泽厚又找上了门，还带来了一个外国人。钟泽厚介绍说这个美国年轻人叫乔治，是WD跨国公司在中国分公司的负责人。钟泽厚和乔治都请求陈实父子一定要帮他们个忙，乔治还学着中国人的样子行了大礼。陈实的父亲赶忙把乔治搀扶了起来："使不得，使不得，有什么事说就是了，只要是我们能办得到的。"

钟泽厚说，他们董事长是一个十分重感情和办事认真的人。他要是知道他们连寻找救命恩人这样的小事都办不好的话，一定会炒了他们的鱿鱼。他们很看重这份工作，钟泽厚的妻子下了岗，儿子明年就要参加高考，要是没了这份工作，他家的日子根本没法过。他们央求陈实，无论如何都要承认沪美就是他救下的。他们表示，除交回这2万元酬金外，自个儿还另外凑了1万元感谢费，求陈实做做这好事。

陈实左右为难了：要答应下两人的央求吧，就违背了他一贯诚实做人的原则，就等于出卖了自己的诚实美德，咱虽然穷，出卖体力出卖智力都可以，就是不能出卖道德；要不答应吧，就会影响到钟泽厚和乔治的工作，他又于心不忍。正在陈实左右为难、父亲没有明确表态时，钟泽厚和乔治将两个信封硬塞给了陈实，然后迅速离开了陈实家，跨进小车一溜烟跑了。

父子俩面对这3万元钱思忖良久，拿不出一个妥帖的办法来。陈实最后对父亲说："我还是得去试试，也许这一招有用。"

陈实来到了沪美就读的大学，找到了沪美，对她说："我想跟董事长通通电话，行吗？"沪美立即热情地用手机将父亲的电话拨通，说陈实有话要对他说，老董事长慨然应允："好呀，我也正想向我女儿的救命恩人表示感谢！"陈实接过了手机，老董事长在电话里一个劲儿地道谢。董事长还问他有什么要求，陈实却岔开话题道："董事长，我有一句大实话，不知当说不当说？""说呀，有什么话你就直说呀！""但你要答应我一个条件，我才敢说。""什么条件？""就是……就是……就是我说出来后，无论情况怎样，都不要影响到钟先生和乔治在贵公司的工作。""嗨，就这么个条件呀，我答应你，答应你！"陈实于是把救人的真相告诉了董事长。董事长在电话里沉吟了半晌："……哦，原来是这样。不过，年轻人，我仍然要谢谢你，你做得对！"陈实悬着的一颗心终于放下来了。

接着，陈实又去到WD中国分公司，将3万元钱退回给了钟泽厚和乔治，并告诉他们董事长已经承诺不会给他们之间的合作带来任何影响。他退回了这笔不该属于自己的酬金，心里才会轻松。钟泽厚和乔治都啧啧称赞和感谢这个诚实而又有志气的年轻人。

陈实又一次从海上捕鱼回来后，钟泽厚闻讯赶到了他的家里，告诉他董事长的最新决定。那次董事长与陈实通完电话后，心里受到了极大震动，不由寻思道，是什么样的家庭背景和学校，才能培养出这样优秀的年轻人，于是就指示中国分部调查了解陈实的情况。当董事长知道陈实家境这么贫寒，还为读大学的费用发愁时，被彻底感动了。他当即做出决定，招收陈实为公司的终身员工，眼下可带薪读大学。如果陈实本人愿意的话，还可到美国的大学去学企业管理，他父亲的生活则由公司雇人料理。董事长同时提出了一个要求，希望陈实能担任沪美的道德行为指导老师。他说，沪美来中国留学，不仅是学习中国的文化知识，更应该学习做人的道理，陈实是指导她如何做人的最好的导师。

这次陈实没有推辞，欣然接受了董事长的安排，他选择了就在上海读大学的方式，课余时间都在WD公司打工。

不速之客

这天，金盾锁城一开门，就迎来了一位衣冠楚楚、气宇轩昂的中年人。老板一见，便知这是一个大主顾，就满面笑容像接财神一样迎了上去，将他往一系列高档锁具处领。

中年人在商店里转悠了一圈后，却从公文包里拿出了一把普通的挂锁："你们这里可有这种锁卖？"老板接过锁一看，点了点头，将中年人带到了一个角落处，从货架上取出了一盒挂锁。

中年人打开了其中的一把，和自己带来的那把比，型号和规格完全一样，但却提出了一个要求："我要的数量很大，你能不能告诉我生产厂家的地址？"

"这个……恐怕不行，厂家是供货上门，我们并不知道厂家的地址。"老板心里嘀咕道，我告诉你厂家的地址，你就撇开我直接到厂家进货去了，让我喝西北风呀？

中年人则不声不响地扳弄着那把锁着的挂锁，似乎是漫不经心的，但却几下就把它掰开了："老板，你说这是怎么回事？"

老板一愣，神色慌乱地掩饰道："哦，忙中出错，忙中出错，这把锁肯定是出厂时漏检了，不小心混进了包装箱。不信你试试，其他锁把把都是好的。"

中年人并不和他理论，又不紧不慢地从包装盒里取出一把锁，没几下，又把锁给掰开了。没一会儿功夫，盒里的十多把锁全都豁开了嘴。中年人不由脸一沉："怎么个说法，你还能说是极个别的质量问题吗？"

老板傻眼了，知道今天碰上了克星，额头上不由冒出了豆大的汗粒。他弄不清中年人是何方神圣，到底是质监局派来的官员呢，还是民间难缠的敲诈高人，或是同行的竞争对手？只得先下了矮桩，赔着一副死猪不怕开水烫的笑脸："我认罚！我认罚！罚多少，由你定！"

中年人得理不饶人："不是罚不罚的问题。这包装盒上连厂址也没有，联系电话也没有，肯定是三无产品。你又不能提供产品的合法来源，你说这是什么性质的问题？"

老板知道问题严重了，只得如实招了："我知道这家锁厂的地址，我可以带你一道去。不过……不过你要给工人们留一碗饭吃，他们也怪可怜的。"

"怎么，说话吞吞吐吐的，难道你和厂家有什么勾结？"中年人眉毛一扬，警惕地问。

"我……我……唉，我有口难言呀，你到那里就知道是怎么一回事了！"

当中年人随着锁城老板在小巷内七拐八拐，来到小巷深处的锁厂时，不由惊呆了！这是一处被遗弃的等待拆迁的破败民房，阴暗窄小的简易工棚里，七八个残疾人围着一个工作台，所有的设备就是几台虎钳，工具也就几把榔头和锉刀。就靠几个残疾人这么敲敲打打拼凑组装，怎能生产出质量过硬的锁具？中年人不由倒吸了一口凉气。

中年人心情沉重地听锁城老板耐心地向他解释，诉说残疾人的生存是多么的艰难，恳求他网开一面，给这些弱者一碗饭吃。中年人紧锁的眉头渐渐变得舒展起来，只默默地待了一会就走了，工人们都提心吊胆地等候着日后的处理。

一个星期后，锁厂所在的小巷突然开来了一辆豪华的中巴车，从车上跳下一名负责人，说是请锁厂的职工到一座现代化的长城锁厂上班，并且安排的工作岗位，都是充分照顾了每个残疾人的身体情况，工作强度不大，技术要求也不高，待遇比在原来的锁厂高出了几倍。残疾职工们欣喜万分。更让大家感到意外的是，长城锁厂所在的集团公司还给每名残疾职工发放了10万元的特别补助金。

这个异常的举动自然在长城锁厂掀起了轩然大波，职工们派出代表向做出这个决定的集团公司的董事长发出了质询。董事长就是那天到金盾锁城发难的中年人。职工代表们愤愤不平："董事长这个决定叫我们职工寒心。难道这种生产出危及社会安全的劣质锁具的行为，不但不受到惩罚，制锁者反倒成了大功臣？董事长是不是鼓励我们也去生产这种没有任何质量保证的伪劣锁具？"

董事长首先对大家维护企业形象的举动表示了感谢。然后他说："容我向大家讲完这件事的来龙去脉，你们再评评我这么做有没有道理。"

两个月前，董事长被一伙歹徒绑架，被勒索500万元的赎金。董事长被秘密地拘禁在一个小区的一套空置房内。他在一间卧室里听见两个绑匪在外面悄悄地商量，只要赎金一到手，他们就撕票远走高飞。如果三天内没收到赎金，他们也要杀人灭口。也就是说，不管他的家人和警方采取何种行动，他都随时面临着生命危险，必须斗勇斗智进行自救才是上策。

被绑架的第二天早晨，一名绑匪打着呵欠出去买烟，一名绑匪进了卫生间，他瞅准了这个逃跑的绝好机会。可自己身上被两条粗重的铁链捆绑着，两把大锁把他锁得牢牢的。他眉头一皱，计上心来，利用他制锁专家的高超技术，巧妙地解开了捆缚他身体的铁链上的两把挂锁，用铁链打昏了从卫生间出来的绑匪，机智地逃了出来。他迅速把绑匪所在的位置报告了公安局，警察一举行动，抓获了这伙绑匪。

他说："此次能意外脱险，全靠了这两把劣质挂锁，劣质挂锁的制造者自然是我的救命恩人。向这几位可怜的残疾人表达一下我的谢意，你们说应不应该？"职工代表们听完董事长的传奇经历后面面相觑，连说应该的应该的。董事长同时表示："街道小锁厂对我个人虽有恩，这只是极为特殊的个例，关闭这样的锁厂，则是为了把好更多人的安全大门。你们可千万不能生产出这样的劣质锁具啊！"

超载风波

刘满仓在客运公司开车，客运公司改制，他承包了一辆大巴车。为控制财权，他聘请了一名驾驶员，自己担起了售票员的任务。刘满仓承包的大巴车跑的是去云龙景区的旅游专线。

黄金周这几天，车站去云龙景区的游客爆满，正是挣钱的大好时机，可公司却不允许客车超载出站。半路上拦车的游客倒不少，客运公司也明确规定，车子不能半路拉客。

站上不许超，途中不让捎，这不是断了我的财路吗？刘满仓才不信这个邪。他想，我半路上悄悄地多捎上几个游客，神不知鬼不觉的，就可多创收几张大票。这钱不赚白不赚！赚钱才是硬道理，钱多了是不会咬手的。

这天，刘满仓的大巴车又满载着游客从车站出发了，半路上他又招呼了5个乘客上车。

道高一尺，魔高一丈，刘满仓躲避检查自有他的高招，客车到了交警岗前200米的拐弯处，他就带着那5个超载的乘客提前下车了。这个交警岗是这条路线上唯一的一个查超载的交警岗，只要骗过了他们就万事大吉了。

刘满仓带着那5个乘客只要步行不到400米，司机开着的车子就在交警岗前面的不远拐弯处等着他们了。可是，这回司机躲过交警的盘查后，在前面等了足足半个小时，却始终不见刘满仓和那5个乘客的影子。车上的游客也开始抱怨起来了。

其实，刘满仓带着的5名乘客没走几步就被突然出现的交警流动岗挡住了："对不起，你们超载违规了，请跟我走一趟！"

刘满仓辩解道："我们一路步行走来，并没有乘车呀！怎么谈得上超载呢？"

交警说："去了就知道是怎么一回事了！"

6人跟着交警进了路边一个隐蔽的山洞，洞壁一侧悬着一个大屏幕彩电，交警在一台仪器前拧了几个按钮，屏幕上就显示出了图像。

图像内容正是他们6人刚才从大巴车下车时的情景，还有客车停在前面拐弯处全车人正在焦急等待的现场。

没想到躲过了明岗，却没逃过暗中的摄像头，刘满仓等人傻眼了，一个个都满头冷汗，只得乖乖认罚。

罚过款后，交警说："我们罚款不是目的，重要的是要提醒你们必须时时有安全意识。你们不能再乘原车去景区了，我们还得保证你们安全地离开这里。"接着交警领着6人在洞中拐了几个弯，来到了一个宽敞明亮的大洞。洞内停着一辆豪华大巴，小小的候车室内坐满老人和妇婴，想必他们是另有专车护送去景区。

交警领着他们6人径直上了大巴。嗬，大巴上已经密密匝匝挤满了乘客，不仅没了座位，连过道上也塞满了人。

刘满仓不解了：叫我们不要超载，你们为了节约费用，怎么也超载呀？而且超载这么严重！难道交警就有特权违规？

司机见车内已不能再塞下人，就踩下发动机，启动汽车上路了。汽车驶出了山洞，在狭窄的山间公路转了几个弯，就开上了他们熟悉的去景区的高等级公路。

这位年轻的司机看来没什么经验，车开得摇摇晃晃的，一会儿向左偏，一会儿向右斜，车上的乘客跟着汽车一倒一歪的，不时发出一阵阵抱怨声。

突然，前面来了一个急转弯，但司机并未减速，方向盘一扳，就想急速转过弯去，谁知迎面驶来一辆大货车，眼看着两车就要相撞，司机迅即将方向盘一打，想绕过货车而去。哪知掉头过急过猛，车上的乘客来不及抓住扶手，霎时就齐刷刷地倒向了车的一侧，整个车的重心顿时偏移，司机仓促之中手足无措急得满头大汗，却已无回天之力，在众人惊惶的尖叫声中，汽车一下坠下了山崖。

不知过了多少时间，刘满仓终于从昏迷中醒了过来，他动了动身子，发觉自己却是好端端地躺在车上。

他看了看周围，大家也都是甩胳膊踢腿地你望着我，我望着你，弄不清是怎么一回事。大巴车却是完完整整四平八稳地仍停在山洞里，好像根本就没有发生车祸这码事。

正当大家如在梦里的时候，交警上车来解开了这个谜：这是一台进口的模拟驾驶车，刚才大家经历的情景，是借助多媒体呈现的路况，大巴车实际并未上路，汽车只是在原地抖动和摇晃，当然所谓的车祸其实并未发生。

交警特别强调，但真要是这么超载行驶的话，车祸是随时都可能发生的。

　　虽然是虚惊一场，但刘满仓一想起就后怕。他打寒战似的摇了摇头：从今以后再也不敢超载了。

天上真会掉馅饼

耀星机械厂原是一个亏损严重的企业，原厂长因经济问题被捕入狱后，谁也不愿接这个烂摊子。铸造车间的耿海山毛遂自荐，经职代会讨论一致通过后担任了耀星厂厂长。耿海山上任后，实行了一系列大刀阔斧的改革，耀星厂很快扭亏为盈，现在已发展成为市里一家实力雄厚、产销两旺的重点企业了。工人们都夸耿厂长是企业的好当家人。

这天下班后，铸造车间的王铁锤刚走到大门口，就被耿厂长叫住了："王师傅啊，和你商量个事儿。我爱人总觉得我家的房子临街，有些吵闹，想和你换房，你看行不？"

王铁锤显然对耿厂长的提议有些意外，他答应不是，不答应也不行，支吾了半天，才吐出了句："换房可是大事，我回家和老伴商量一下吧。"

王铁锤和耿厂长都住在职工宿舍大院。房子是厂里过去建的福利房，一共10栋楼，过去都是依照工龄排住房，王铁锤住3号楼，耿厂长住6号楼。他们两家的住房面积一样，楼层也一样，甚至连朝向都一样，除了楼号不同外，根本谈不上什么差别。

回家后，王铁锤一说这事，老伴也很疑惑："咱们这儿是城郊，平常车也不多，就算是临街也不会有什么噪音。这里面是不是有什么问题啊？"

王铁锤说："会有什么问题？我过去可是他师傅呀，他的为人我还是知道的。他怎么会坑我呢？"

老伴眼一愣："师傅？你别忘了你很快就要办退休手续领社保了，你在他心目中还有几斤几两？到时你吃了哑巴亏找谁说理去？"

王铁锤不信这个邪，与人方便，自己方便嘛，他同意了厂长换房的要求。厂长很替王师傅着想，先由他借了一套房将自己的房腾空，并且打扫得干干净净后，王铁锤就径直搬进了厂长的住房。一进门，看着满屋的金碧辉煌，晃得眼睛亮亮的，王铁锤兴奋地嚷道："没换亏，没换亏，啧啧，你看这装修，这地板，多漂亮啊！啧啧，咱家可装修不起！"

老伴白了他一眼："就是装修得起，你舍得花钱呀？哼，你手中的钱攥得出水，留着下蛋用的，你只配住你那灰墙水泥坯的清水房！"

王铁锤被呛得翻白眼，可他俩弄不明白："这……这……厂长换房明明是吃了亏，可他为什么要和我换呢？"

"为什么要换？过些时你就明白了。厂长是嫌这装修又过时了，他要装更时尚的呢。与其拆除原来的装修费时费力，倒不如换给你落个顺水人情！你呀你，欠人家的人情迟早都是要还的，你以为天上会凭空掉馅饼呀？"

王铁锤可不服这个理："你别把人看扁了！"

春节前，在外工作的儿子打电话回来说，春节期间他要带女朋友回家。女孩初次上门，希望给她留个好印象，别大寒碜人了，叫家里把旧房子也装一装。王铁锤这才记起儿子上次回家时也提出过同样的要求，叫他以种种冠冕堂皇的理由给顶回去了。现在与厂长换了房，无意中竟解决了个大问题。

儿子带着女朋友回来了，对家里焕然一新感到满意。准儿媳一到家，稍事休息后，就一头扎进了厨房，一边帮着婆婆做事，一边亲热地和婆婆拉起了家常。看着儿子带回这么个懂事的姑娘，老两口心里都像灌满了蜜。

晚上，趁着女朋友在卫生间洗澡的间隙，儿子忙问父母亲："这不是厂长家的房吗？我家是怎么住进来的？"父亲把与厂长换房的经过告诉了儿子。儿子惊呼道："哎呀，我只求过厂长，叫他以厂长的身份，做做你老人家的工作，动员你把房子也装一装。想的是厂长的话你该会听，谁曾想他竟把装修好了的房子换给了你！"

王铁锤这才知道厂长是在有意成全他，厂长换房确实是吃了大亏。他觉得很过意不去，打听到厂长装修花了3万元钱，就忍痛凑了2万元，来到了厂长办公室。厂长明白他的来意后，忙拂手拒绝："王师傅，咱俩谁跟谁呀？再说，咱俩换房时可没有谈过补钱这码事，你现在突然要拿钱给我，我现在的身份可是一厂之长哟，你这不是害我吗？王师傅，我看这样吧，为了让你觉得换房公平，谁也不亏欠谁的，我也求你一件事，你有空就到我家坐坐，陪我家老爷子聊聊，就算你对换房做出的一种补偿吧！"见厂长把话说到这个份上，王铁锤只得点头答应。

王铁锤很快就正点办了退休手续，他有的是时间陪厂长的老爷子。这天他来到了厂长的新家，也就是他原来的住房，厂长果真对屋子进行了装修。可这是什么样的装修呀：地板比水泥地还显粗糙，只是更防滑了；阳台上挂着一串串玉米棒子、红辣椒子，吊着一个个做装饰用的金瓜；屋子里处处都洋溢着一派农家气氛。他疑心来到了一户小康之家的农户。

一进门，厂长的父亲就冲王铁锤直嚷嚷："听说是你把房换给我家小子的，真得谢谢你呀！这下好了，我在这里住得惯了，吃得香睡得着了，再也用不着一个人回到乡下去了！你算做了一桩大好事！"

啊，厂长竟是这样的大孝子！他不由从心底佩服起这位能让一个企业起死回生的厂长，通过住房功能的巧妙置换，最大限度地利用了资源，成就了两桩互不搭界的好事！

寻找美神

　　刘碧山一挤上公共汽车就觉得眼前一亮，他的目光立即被立在窗前的一个年轻女郎吸引住了。这女郎太漂亮了：那凝脂般的肤色，透着一抹自然的健康的红晕，是任何化妆师用任何化妆品也无法企及的。那轮廓分明且小巧的嘴唇，那微微上翘的鼻梁，那两粒水灵灵的黑葡萄，一切都配合得那么恰到好处。姑娘临窗一站，面庞像镀上了一层金，闪着诱人的光芒，如圣母般的圣洁。

　　她的身材呢，该是窈窕多姿的吧，也许就如古人说的增之一分则太长，减之一分则太短，添之一分则太胖，删之一分则太瘦吧。可刘碧山看不见，车上的人太挤了，刘碧山只能凭想象补充。

　　没有目睹造物主杰作的完整形象，终归是一件憾事。他试图挤开隔着女郎的人群，向女郎靠近。

　　读者诸君请别误会，刘碧山可不是好色的登徒子，不是拈花惹草的轻薄少年，他是市艺术馆堂堂的美术干部，坦荡的谦谦君子，最近为创作一幅油画，正为画中的形象而苦苦构思呢。这不，眼前的女郎正是他捕捉到的理想形象。他要把这"清水出芙蓉"般的东方维纳斯牢牢地印在脑子里，再现到画幅中去。

眼看就要靠拢，就在他只隔一两个人略能窥见女郎的婀娜身姿时，只见一个身着牛仔裤的青年，一只手凭着车顶扶手一使劲，硬朝姑娘身边靠了过去，紧紧地贴在了姑娘身后，恰好挡住了姑娘的大半个身影。

这家伙要干什么？该不是要……刘碧山只觉一股厌恶之气从胸中涌出，他直愣愣地盯着这"牛仔裤"，看他到底要干什么勾当。

稍顷，刘碧山看到了出乎意料的一幕："牛仔裤"趁紧急刹车众人都往前猛一扑的一刹那，一只手迅速探进了姑娘的衣袋，顺势夹出了姑娘的钱包，接着诡秘地往自己怀中内衣塞去，然后身子一缩，就要退去……

就在这千钧一发的时刻，一只大手紧紧地钳住了"牛仔裤"还未从内衣口袋里退回的手腕。谁？我们的画家刘碧山呗，别看他平时文质彬彬的，关键时刻还真不赖。

"把钱包交出来！"刘碧山厉声喝道。

"谁偷了钱包啦？""牛仔裤"翻着白眼，也斜着大嘴要赖，急欲挣脱手溜走。

"交不交？"刘碧山猛一使劲，痛得"牛仔裤"嗷嗷直叫。

"不交揍死他！"其他乘客也一齐助威，有的人已伸出了拳头。

"我交！我交！"一只漂亮而精致的西式票夹立即回到了女郎手上，女郎这才像从睡梦中惊醒一样，方知一场惊险的搏斗却是缘她而起，忙向刘碧山道谢不迭。姑娘忽闪着一对盈盈的眸子，牵动着一对甜甜的笑靥，流溢出感激的神情，此时更显得妩媚动人。

"谁偷钱包啦？"不知从哪里突然冒出个络腮胡男子，晃着一把明晃晃的匕首直逼刘碧山的鼻尖，另一只手举着才从女郎手中夺过的票夹，"明明是这位老兄的钱包嘛，你怎么凭空诬陷好人？""牛仔裤"顿时像遇见了救星似的，变魔术似的手中也舞动着一把匕首，神气起来："就是！我自己的钱包嘛，怎么变成了别人的？得给我平反昭雪！"

"我诬陷好人？捉贼拿赃，我亲眼看见他从姑娘衣袋中掏出钱包，又亲手抓住了他，人赃俱在——么会不是他偷的？"刘碧山可不吃这一套唬人的鬼把戏，要是在开阔地，他一人对付这两个家伙也还能将就，况且现在车上有那么多的乘客做他的坚强后盾呢。

"他偷的，谁证明？嗯——？"两把匕首在刘碧山的眼前直比画，四道凶光一齐怒视着刘碧山。

"谁证明？车上的乘客都能证明——这还用问吗？"

"好。你看见这位老兄偷钱包了吗？"两把匕首又一齐转向了一位中年妇女。

"我……我……我没看见……"中年妇女缩着脖子，颤抖地说。

"你呢？"匕首在一位老实模样的人面前闪着寒光。

"没……没……没看见……"那位老实人脸变得煞白，额头上沁出汗来，直往后退。

"有谁看见了？谁看见了呀？"两把匕首在人群的头顶上飞舞，灼灼寒光令人头皮发麻。

沉默，死一般的沉默。望着一片黑压压低着头的人们，刘碧山心中不禁涌起一股无名的悲哀：刚才伸向"牛仔裤"的拳头呢？

刘碧山把希冀的目光投向了漂亮女郎。"牛仔裤"和"络腮胡"见状马上心领神会，随即捷足先登，把匕首对着姑娘指了指："小姐你说，这钱包会是你的吗？"

此时姑娘脸上的红晕已全然褪去，面对两把夺魂慑魄的匕首，面部肌肉急剧痉挛着，紧抿的嘴唇一下惊呆了，不住地啜嚅着："不……不……是……是……是……不是……我的……"

刘碧山完全失望了，他像一下掉入了一个人墙围成的冰窖中，从四肢直凉透了心。他只觉得头脑晕眩，两眼漆黑，呼吸急促，几乎不能自持。

"好你个流氓无赖，为什么凭空诬陷人？还不赶快当着众人的面，向这位老兄赔礼道歉，认错悔过！"两把匕首尖已经戳到了刘碧山的面颊，唾沫星子直向刘碧山飞溅。

"且慢！哥们！我能证明！"就在这最紧急的时刻，车厢里突地响起了一声如雷鸣风吼般的声音。

大家循声一望，好家伙，声音原来发自车厢角落里缩着头坐着的一个怪人。只见他一头乱糟糟的头发，像一蓬蒿草；一丛杂乱的胡须与头发连成一片，整个头就是一只乱箭挺立的刺猬；一张脸黑乎乎的，似乎从来就没洗过；身上穿一件沾满了污垢的工作服，纽扣全掉光了，一根粗劣的草绳拦腰系着，衣服上下都令人发笑地张着大嘴。活脱脱一个丑魔，真切切一个黑煞星。

大家见他这模样，都倒吸了一口凉气：该不是来助纣为虐的"哥们"吧？

"牛仔裤"和"络腮胡"听见这吼声，先是吃了一惊，但发现这突然站立起来扬着手臂的丑魔却是孤身一人后，倒不怎么着慌了，两把匕首又一齐指向了这头乱蓬蓬的发颅："你证明？凭什么证明？"

"丑魔"并不惊惶，反而不慌不忙地递上一片拆开了的香烟盒纸，说道："你们看看吧，就是它能证明。"

"络腮胡"恶狠狠地夺过纸条一看，像突然触上一条响尾蛇一样，大惊失色。他抖抖索索地将纸条递给"牛仔裤"，"牛仔裤"一见，顿时吓得面如土色，急惶惶地望了"络腮胡"一眼，似一只丧家的狗乞讨主意。

"络腮胡"马上转脸一变，一脸谄笑，凑上前来，向"丑魔"赔着小心："大哥，我们有眼不识泰山，多有得罪，多有得罪，这钱包我们交……交出来！"

当这只西式票夹又一次递到了漂亮女郎面前时，姑娘却迟疑地不敢伸手。"丑魔"又吼了一声："犹豫啥？是你的你就接着嘛！"姑娘这才红着脸，从"络腮胡"手中接过了钱包。"络腮胡"和"牛仔裤"低着头，灰溜溜地从人群中挤下了车。

刘碧山看着眼前发生的一切，正是丈二金刚摸不着头脑的时候，"丑魔"的一只大手重重地拍在了刘碧山的左肩："小伙子，好样的！"

刘碧山疑惑了："你……你是？"

"哈哈哈，我这模样是把你们吓着了吧？告诉你吧，我不是什么恶人，而是石油队的钻井工人。井队搞轮休，三个月一换，我们这次碰上了一块硬骨头，钻井条件又差，三个月没下一场雨，仅有的一点水都给油井喝了，我们已经一个星期没洗脸了呢！这不，我这窝囊相，就是回基地去休整的！"

刘碧山这才弄明白了，眼前这个怪人并非恶魔，车上的乘客也都长长地吁了一口气。刘碧山还是不解："老兄，你是用什么绝招把那两个小偷镇住的？"

钻井工人诡谲地笑了："天机不可泄露！"接着，用手圈作喇叭形罩住嘴唇，凑近了刘碧山的耳边悄声地告诉："我在纸条上写着：我是一个持枪逃跑犯，如果不希望让我浪费两颗子弹的话，请你们乖乖地把钱包交出来！哈哈哈，兵不厌诈嘛！对付这种人就得用点怪招！”

刘碧山也把大手往钻井工人肩上一拍，会心地笑了："哈哈哈哈！你小子真行！"

刘碧山的绘画构思里，留下了一个很美很美的形象。

梦中玛丽

刘志红和李岚是一对恩爱夫妻，结婚16年来，二人亲亲密密相濡以沫地过日子，连脸都没红过一次。但最近一段时间，李岚觉得丈夫有些反常，像有什么心事似的，常常是欲言又止，就关切地问他："是有什么不顺心的事，还是身体不舒服？"刘志红笑笑，极其轻松地拍拍胸脯："没什么，我什么都好好的！"

丈夫虽有朗朗的笑声，却没让眉头舒展，这没能瞒过细心的妻子。她想，只有两种情况，丈夫才可能不会向她说实话：一是丈夫有非常严重的疾病甚至绝症，他不愿让妻子为自己牵肠挂肚，想独自一人承担病痛的苦楚；二是……唉，她想都不会往那方面想，丈夫绝不是那样的人！他是老三届学生，下过乡，当过几年知青，吃过苦，受过磨炼，懂得生活的艰辛，非常珍惜妻子对他的感情，不是那种会移情别恋的男人。

李岚除了在生活上和感情上更加关心刘志红外，她还悄悄地去了附近的几家医院，了解到丈夫最近没去看过病，她放心了。可丈夫整天仍是忧心忡忡，愁眉不展。有时她下班回来，竟见到丈夫神情慌张，藏藏掖掖。为减轻丈夫的心理负担，李岚装着若无其事地关照他，他却吞吞吐吐地说不出话来。她犯疑了：丈夫难道真的变了，莫非背着她在干什么不可告人的勾当？

虽说是相知相爱了这么多年的夫妻，女儿都读高中了，但她还是不放心。自那以后，李岚特别留心丈夫的行动。有一个星期日，她悄悄地跟着出了门的丈夫，远远地盯着他，左转右转，发现他去了邮局，径直到了汇兑专柜，办理一项汇款手续。看着丈夫背着她往外寄钱，她心里很不是滋味：志红呀志红，我李岚要是个鼠肚鸡肠死抠钱财的吝啬鬼，你这么做我还想得通，可我对你在经济上要支援亲戚朋友，哪次不是爽爽快快就答应了？你要是拿钱去救急救穷倒也罢了，家里再困难我们也能咬牙挺过；要是背着我去养情人包二奶，那你就太不是个人了！

丈夫的疑点愈来愈多，不仅与她交谈的时间少了，还常常很晚才回家。她想进一步了解丈夫的行踪。可自己都是上白班，又不在一个单位，挪不出时间也找不到机会。

这天晚上，丈夫11点才回到家，她在床上假装睡着了没理他。听着丈夫在其他屋子里折腾了好一会，才来到卧室往床上一躺，重重地叹了一口气，辗转反侧许久才响起了鼾声。李岚不敢相信躺在自己身旁的他会变，又不得不承认相亲相爱的他现在确实变了。只见丈夫翻了一个身，嘴里喃喃地说着什么，嘀咕了好一会，突然一声尖叫："马丽啊马丽，这可怎么办啊？"李岚听着丈夫在梦里呼喊着另一个女人的名字，心存的疑虑被证实了，心里像被锥子扎着一样难受。她不是那种遇着什么事就大吵大闹的女人，她冷静下来，前前后后想了许多许多，默默地在心里问了几十个"为什么"，咬住枕巾，流了一夜的泪。

丈夫是什么时候开始变了的呢？李岚想起来了，是他独自去了一趟曾下过乡的小凉村，回来后就心事重重，下班的时间也没有规律了，经常比她晚回家许久。因太相信丈夫了，只以为他车间里工作忙，忙碌一天疲累了，就没盘问过他为什么，现在想起来，这"马丽"就可能是他下乡时遇到的"小芳"，两人在乡下就已经很"那个"了，只是回城后才逐渐疏远，现在一见面，自然是旧情复发，难舍难分了。而丈夫又是一个非常有责任心的人，在我和马丽之间，他感情上的纠葛怎么一下能理得清？

李岚决定把情况弄清楚，帮助丈夫走出感情的泥淖。这个星期五晚上，她对丈夫说："单位组织去旅游，明天出发，星期日晚上才能回来。"第二天一早，她径直奔丈夫下乡插过队的小凉村去了。

她到了小凉村，没暴露自己的真实身份，只是说来找一个没见过面的朋友。村民们都说村里没有叫马丽的女子，是不是她记错了地址。她后来问到一个中年人，中年人提醒她："是不是叫莫丽啊？"李岚随机应变地点头："可能是吧，电话里听不太清楚。莫丽她住哪儿？"中年人说："她在10多年前就去了深圳，听说现在是什么公司的总经理。"

小凉村、深圳或者本市，这个马丽或者莫丽到底在哪里？李岚理不出头绪。她很失望，在附近的镇上住了一夜，第二天一大早乘车赶回了家。

刚到家门，还没等她掏出钥匙，就见丈夫背着一个大包袱，两手提着几个小包，埋着头像座小山似的吃力地向她走来。她看见丈夫这个怪模样，大吃一惊："志红，你干啥？"

刘志红冷不丁地被妻子这么一叫，抬头一看，吓出了一身冷汗，手中的包不自觉地落到了地上，身子随着向后着地的大包袱倒了下去。李岚慌了，赶紧上前帮丈夫从包袱背带里挣脱出来，扶着他坐在沙发上，给他倒了一杯开水，轻轻拍着他的背，喂着他慢慢喝了下去，然后从门外拖回了大大小小的包袱。

李岚满心怜爱地对丈夫嘘寒问暖，看丈夫渐渐地缓过气来，也不急着追问他到底在干什么，只是给他说些宽心的话。刘志红见妻子仍是这么温柔体贴，禁不住鼻子一酸，哽哽噎噎，话不成句："李岚，我……我对不起你……有一件事……我瞒了你。"李岚宽慰他说："不管什么事，你都照实说，天不会塌下来，说出来心里就会好受些。""我……我……"刘志红终于说出了事情的原因。

原来，刘志红因为怀旧，今年5月去了一趟他曾经插过队的小凉村。不去不知道，一看真是吓一跳。小凉村至今仍然十分贫穷落后的面貌让他震惊，特别是一些适龄儿童因家里交不起学费而失学更让他痛心。他决定自己哪怕省吃俭用，三年不添一件新衣，也要资助一名失学儿童读完中学。

"好呀，这个举动好呀，你为什么不告诉我？"李岚插话说。

刘志红吞吞吐吐地说："我还有一件事瞒了你。我们单位不景气，我已下了岗，我不敢把这个事实告诉你，怕你受不了这个打击。当然也怕……怕你说我没出息。你想想，这个时候，我下过乡的小凉村的儿童还在失学，我对我的第二故乡的事不能袖手旁观；另一方面，咱们的女儿婷婷正在高中住读，正是需要钱的时候，我又下了岗。我真是左右为难，急火烧心呀！此时此境，再大的难事我也只有咬紧牙关独自承受了！于是，我决定四处去揽活干，最后担任了一家企业的推销员，帮助这家企业推销洗面奶。我知道你什么都好，唯有一样，就是挺爱面子，要是知道我下了岗在干推销商品的事，肯定会出面阻止，我只好像做贼一样背着你出外推销。近来由于销路不好，洗面奶积压太多，眼看投入的资金收不回来，弄得我心急火燎，食不甘味，卧不安寝。这次你说外出旅游，我认为机会来了，正好放心大胆地干它两天，尽量多推销出一些商品，谁知刚出门就让你逮住了。"

刘志红满面歉疚地说完后，又打开了一个又一个包袱，里面果真装的全是一瓶瓶的洗面奶。李岚拿过一瓶，看了看，原来牌子是——"玛丽"！她拍拍脑袋，恍然大悟：啊！"玛丽"——"马丽"！原来丈夫梦中高声呼喊的可恶的第三者就是这个洗面奶呀！她又惊又喜，心中的一块沉甸甸的石头终于落了地，紧绷的神经倏地一下松弛了，不由惊叫了起来："唉，我的宝贝老公，你怎么不早说呢？害得我成天像丢了魂似的！"

看着妻子不仅不恼怒，反而狂喜的神情，刘志红丈二金刚摸不着头脑，李岚故意不给他说个明白，惊喜之余，当即爽快地向丈夫表示："下岗有什么了不起？捐助希望工程更是高尚的事！志红，天塌下来我们顶起！是险滩，是激流，我们一起走过去！我的好志红，你就完全放心吧，我支持你！我和你一道去推销'玛丽'，咱们就甩开膀子爽爽气气堂堂正正地干吧！"

遗像后的少女照

　　清风镇是一个偏僻的小镇。镇中学有两名出色的女学生，一个叫徐颖、一个叫韩梅。两人都长得十分漂亮，暗地里被同学们评为并列的校花。两人同读初中三年级，虽不在同一个班，但都较着劲，要争个你高我低，两人往往都是全年级的第一二名。但两人却十分友好，课间休息或放学时，两个女孩总是手拉着手，又说又笑，很谈得来。

　　这天，两个女孩经过镇上唯一的一家照相馆，见橱窗里陈列着几幅放大的明星照，漂亮极了，把两人的眼睛都看直了。徐颖用胳臂肘碰了碰韩梅："哎，咱们也去照几张吧。"韩梅吐了吐舌头："啊呀，贵着呢，咱可不敢把钱花在这里！"老板见状，赶紧接过了话头："不贵不贵，这是数码照相，服装和背景都可以按你们的要求合成。看你们是学生，就给你们打八折。"徐颖不由分说就拉着韩梅进到了摄影室："咱们就照一张，钱我出了，不会让你爸晓得的。"韩梅碍于朋友的面子，只得在镜头前照了一张。老板说一个星期后就可取到照片。

待两人取到照片一看，果真十分靓丽，很有点明星风度。徐颖将它放大装裱后得意地挂在了客厅里，韩梅则悄悄地将照片压在了箱底。

临近期中考试的一天，徐颖正在上化学课，班主任将她叫出了教室，告诉她母亲生了急病，叫她马上去医院。徐颖急匆匆来到医院。抢救室门口，她的爸爸、哥哥以及一些亲友都在那里焦急地候着，徐颖情知不妙，泪水情不自禁地就溢了出来。经过漫长的焦急等待后，抢救室的门缓缓地打开了，一群医生护士神情凝重地走了出来，主治医生摇摇头对徐松林说："我们已经尽力了，节哀顺变吧。病人死于突发性心肌梗塞。"徐颖哇的一声就哭了出来，亲友们陷入一片悲哀之中。

徐颖的妈妈一生吃了许多苦，还没能享上儿女的福，就突然去了，徐松林决定要把妻子的葬礼办得像模像样的。按当地习俗，遗体必须在家里停放3天，家里人日夜守灵，接受亲友们的吊唁和进行必要的仪式。徐颖提出也要为妈妈守灵，爸爸说："你学习那么紧张，就不必了吧，你晚上来一会就行了。"

到送葬的那天，徐颖还是请了半天假送妈妈上路。这天下着毛毛细雨，来送葬的人却很多，连徐颖的同学韩梅也来了。徐颖的哥哥徐德看见韩梅，感到奇怪："你怎么也来了？"韩梅说："我和徐颖是好朋友，我当然应该来送伯母一程。"徐德关心地说："就没必要了吧，快要期中考试了，别耽误了你的功课。"韩梅可不同意他这个说法："是功课重要还是送伯母重要？功课耽误了可以补回来，送伯母的大事怎能耽误？"徐德不好再说什么。

送葬的队伍上路了，徐德端着母亲的遗像缓缓地走在灵柩的后面，韩梅挽着徐颖跟着徐德。雨愈下愈密，突然一阵疾风吹来，徐德不由打起了哆嗦，许是两手长久保持一种姿势有些僵硬，手中端着的遗像镜框一下滑到了地上。徐颖眼尖,赶紧去扶打着趔趄的哥哥,韩梅则去拾取滑落在地的相框。突然,韩梅惊呆了:镜框经徐德这一抖落,竟散架了,伯母遗像的后面,露出的竟是徐颖的一张明星照。怎么会这样?怎么会这样?活人的照片怎会装进了遗像框?韩梅百思不得其解。徐松林见散落在地的女儿的照片,惊愕得脸都变了形:"这……这……这是谁作的孽啊!"话还没说完,就气得晕了过去。几个人手忙脚乱地将徐松林抬回了家。在亲友的帮助下,才草草地将葬礼进行完毕。

徐松林为此大病了一场。待精神恢复一些后,他要彻底追查是谁捣的鬼。他将徐德和徐颖叫到了跟前,说他怀疑是颖颖的同学韩梅干的。徐德附和说,很有可能,因他听说韩梅和颖颖是学习上的竞争对手,而送葬那天韩梅有课都请假来了,这有点不合常理。韩梅就是想用这一招把颖颖的精神彻底打垮,好让她永远能争得年级的第一名。徐颖却把头摇得像拨浪鼓似的:"不可能不可能,韩梅不是这样的人,她绝不会做出这样不可思议的事!"父亲把脸一沉:"怎么不可能?我看就是她干的!我还准备到派出所报案去。"徐颖也很固执:"我说不是就不是!你们说是韩梅干的,有什么证据?""当然有!"父子俩异口同声地回答。"好呀,说给我听听。"徐颖犟脾气也上来了。

徐松林这才缓缓地道出了怀疑韩梅的缘由。

徐松林的妻子突发疾病去世后,他决定完全按当地的乡风民俗为亡妻操办丧事。他请来了本地著名的阴阳先生魏啸天为亡妻择地选时,避凶趋吉。只见魏啸天拿着一把宝剑,装模作样地在灵堂前又唱又跳,口中念念有词。然后提着宝剑,在场子里急速地转了3圈,像追赶什么妖魔似的,突然宝剑往预先放好的水盆中一插,水盆中的水立即变成了红色。徐松林大惊失色,忙问这是什么道理。魏先生说:"这是你妻子在去黄泉的路上冲撞了煞星,这个灾星在作怪呢。"徐松林忙问怎么办?

魏啸天说："不要紧的，我已将此灾星破解了一半，将它祸害死者同辈人的魔力去掉了，但它还会克死者的晚辈，且是晚辈中的女孩。"

徐松林大惊失色：克晚辈中的女孩，那不就是指颖颖吗？他中年才得此小女，视颖颖为掌上明珠，现在爱妻已去，他不能再失去女儿。他赶紧又塞了一张百元大钞在魏啸天的手里："魏大师救救我的女儿！"魏啸天说："这好办，你赶紧找一张与你女儿年龄相仿的女孩照片，放在你亡妻遗像的后面，就可将祸事转移。"徐松林问找一张挂历上的明星照可不可以。魏啸天称不行，必须找本地的一个女孩的照片才行。于是，徐德通过熟人关系，去照相馆弄来了一张照片，徐松林见是徐颖的同学韩梅的照片，为了替徐颖免祸，时间又很紧迫，也就顾不得那么多了。

父亲讲完事情的经过后说道："颖颖，你想想，一定是韩梅不知从哪里得到了这个消息后，她就趁来给你母亲送葬众人都忙乱之际，为了报复我们，就把她的照片换成了你的。"徐颖仍坚信不是韩梅干的，她指出："你们这样做是既愚昧又可笑，阴阳先生胡诌些什么也能信？"父亲说："怎能不信？镇上哪家办丧事不是照阴阳先生说的办？你没见他宝剑往水盆中一指，就冒出了一滩血水？"徐颖冷笑道："这哪是什么血水？这是两种物质在一起产生的化学反应。不信我演示给你们看，我也能破这样的煞星。"她随即走进了自己的卧室，捣腾了一会，端出了一盆清水，然后用一块竹片往水中一搅和，盆中的水立即变成了红色。父子俩大为惊异。

徐德问道："你说不是韩梅干的，那又是谁把她的照片换成了你的？"徐颖说："我呀，只有我才有机会这样做呀！"父子俩怎会相信徐颖的这番表白："不可能！说谁干的都行，就是不相信这事会是你干的！难道你会自己诅咒祸害自己？"徐颖说真是她做的，而且只有她才会这样做，她这样做可是做了一桩利人利己的大好事。父子俩被她这番话弄糊涂了，徐颖这才说出了这桩事的始末。

母亲突然去世的当天，徐颖一个要好的同学告诉她，看见徐懿去了一趟镇上的照相馆。徐颖感到奇怪，妈妈的遗像已经摆在了灵堂，现在家中的事这么多，哥哥此时到照相馆去干啥呀？她因此多了一个心眼，果见哥哥在夜深时将一张照片放在了妈妈遗像的后面。徐颖不解，乘哥哥走后她取出遗像下的照片一看，竟是她的好友韩梅的明星照。这是为什么呀？联想到母亲去世后家中的一些怪异的事，她觉得这样做太不妥了，弄不好会惹出许多麻烦。考虑再三，她就用自己的照片换下了韩梅的照片。

父亲气得嘴直哆嗦："你怎么能……能……能这样胡来啊？唉，那可是要祸害自己的呀！颖颖，你可真傻啊！"徐颖说："我才不傻呢，我这么做可都是为你们着想呢！你们等等，我去学校找一份资料给你们看看！"

两个多小时后，徐颖回来了，拿回一本法制杂志。徐颖翻到一页对父子俩说："你们看完这个案例就明白我的用意了！"父子俩拿过杂志就看了起来。这个案例的前半部分的发展基本上与他们这次事件一样，也是用了一张女孩的照片放了死者遗像的下面。可往下发展，就大相径庭了。文中被贴照片的女孩，知道自己的照片放在了死者遗像的后面后，成天精神恍惚，最后忧思成疾得了神经病，住进了医院。女孩的父亲一怒之下将照相馆老板和死者家属告上了法庭，法庭判决两被告赔偿女孩家几万元的精神和名誉损失费。

判决下来，相馆老板不愿赔偿，死者家属又与照相馆老板和阴阳先生反目成仇，死者的儿子分别与阴阳先生和照相馆老板发生了斗殴，又被新的官司缠身，弄得死者一家非常难堪。看到竟是这么一个结局，父子俩惊出了一身冷汗。父亲说："颖颖，你确实为我们家免除了一场大的灾难，只是太难为你了！可你为什么要把自己的照片放在你妈的照片下呢？""嗨，我才不相信迷信那一套，是我的妈去了，有什么不能在精神上多孝敬孝敬她老人家呢？再说，我当时并不完全明白你们放照片的用意，用自己的照片换上，给你们也是一种心理上的安慰呀！"

父子俩歉疚地低下了头。

不愁鱼儿不上钩

　　包永刚从县公安局刑警岗位上退休后，落下了一身慢性病。医生嘱咐他在服药的同时，可以弄弄花草、练练书法、打打太极拳。他照医生的说法耐着性子去做了，可沉不下心来坚持，培育不出兴趣，自然收效甚微。医生又向他建议："我看你是个静不下来的人，那就'支边'去吧。"包永刚不解："何谓'支边'？"医生笑着解释："就是把鱼竿支在河边、塘边、湖边，钓钓鱼。那些地方空气好，环境清幽，能使人心情愉悦。加之钓鱼动静相宜，可以让人神情专注、静养耐性，有益于身心健康。"包永刚觉得这项健身活动很适合自己，就乐意地接受了这个建议。

　　从此，包永刚就带着渔具，骑上一辆电动自行车，往乡村河塘地方跑。尽管劳累奔波很辛苦，钓钓鱼又极少，他却乐此不疲，渐渐地对钓鱼产生了浓厚的兴趣。他是爱一行钻一行，除苦心钻研钓鱼技术外，还虚心向其他钓鱼高手学习。他钓鱼的技术进步很快，两年后参加县里老协举办的钓鱼比赛，还获得了季军。更重要的是，他身上的各种疾病在不经意间都有了明显的好转，精神好多了。

他每次去鹿溪河钓鱼，都要经过一个叫柳塬的村子。柳塬村头有一口塘，塘里的红色鲤鱼成群结队在塘中心游来游去。他心里痒痒的，很想去钓上几尾，又担心鱼塘主人不让钓。后来经过的次数多了，他发觉这塘子似乎没人管理，鱼塘周围连个看守的草棚也没搭。

有一次，他试着问了一个村里的老人："这塘里的鱼可以钓吗？"老人回答他："钓是可以钓，只怕你钓不起来哟！"包永刚不解："为什么呀？"老人说："我们村里好些人都去钓了，可鱼就是不咬钩，至今也没有人钓上来一条鱼呢！"老人还告诉他，村里的青壮年大多出外打工去了，这个塘没人承包，塘里原本一条鱼也没有，最近不知怎么一下冒出那么多鲤鱼。大概是天降神物吧，神灵之物当然不会被凡俗之人钓上来的！

包永刚可不信这个邪，他把钓饵往塘中心的鱼群出没之处一抛，就坐在塘边静静地候着鱼儿上钩。可真是中了邪了，鲤鱼在钓饵周围游来窜去，甚至还碰到了鱼线，可就是不见浮标动。他又把钓钩换上不同的鱼饵，连他独家秘制的最具有诱惑力的鱼饵也换上了，可鱼儿仍是不咬钩。他身边不时有路人上前搭话，都是告诉他这塘里的鱼是钓不上来的，劝他别在这里瞎费神了。包永刚一直坚持到黄昏，连条小鱼也没钓上，只得垂头丧气地离去。

第二天，包永刚来到柳塬村，就这事请教了当地的钓鱼高手老杨头。老杨头原是村里的治保主任，包永刚过去办案时就与他认识，现在又成为钓友一同参加了县里的钓鱼协会。老杨头告诉他，他已试过几次了，这水塘里的鱼确实钓不上来。包永刚还是不相信他这个结论，他要坚持从这个水塘里把鱼钓上来。谁知两人的脾气都很倔，包永刚已经走出了老杨头的院门，老杨头还追了出来，极力劝他不要白费这个神。两人在大街上又吵又闹，争得个脸红脖子粗。老杨头说，你要是能钓上这塘里的鲤鱼，我就用手板心把鱼煎来给你吃！包永刚更是不输这口气，他高声扬言，他要召集全县的钓鱼高手来拿下这个马王爷。

果不其然，过了几天，一支由老中青几十名钓鱼高手组成的队伍，浩浩荡荡来到了柳塬村，把一个不大的水塘围了个水泄不通。高手们很专业地忙着选点、挂食、抛线，大有不把鱼钓上来誓不罢休的气势。

这样浩大的钓鱼声势也把村里的人吸引到了水塘边。大家议论纷纷，要看看这群钓鱼高手有什么本事能把不咬钩的鱼儿钓上来。老杨头知道，这是包永刚故意跟他过不去，有意向他挑战，就抱着双手站在塘边冷眼观看。一个小时过去了，又一个小时过去了，高手们提起的钓钩上都是空落落的。一直到下午，高手们连一片鱼鳞也没钓上来。

老杨头的脸上露出了得意的神情，村民们的议论声一浪高过一浪，一声声都那么刺耳。渐渐地，连高手们也沉不住气了，不断地发出怨言。在众人的议论声中，包永刚的脸上挂不住了，他气急败坏地冲水塘大声嚷道："这是一群什么样的怪鱼？再钓不上来，咱就要把塘里的水抽干，看看你们这些鱼精是不是都长有三只眼？"说着掏出手机，联系上一家单位，叫他们第二天一早就带上抽水设备来把塘里的水抽干。

傍晚时分，钓鱼大军在人们的一片嘲笑声中悻悻地撤去，包永刚走在最后，朝着水塘恶狠狠地甩出了一句："看我明天怎样收拾你！"

夜幕降临，水塘一片寂静。半夜时分，水塘一侧的草丛中突然冒出了两个人影。他俩鬼鬼祟祟地前后左右张望了一下，然后悄悄地浸没到水里，向水塘中心游去。游到白天鲤鱼密集出没处，一个猛子潜入水中。两人在水下鼓捣了好一阵，才浮上水面，似乎在合力拖着一个什么重物，吃力地向岸边游来。两人悄悄地上了岸，手中拖着的是一个沉甸甸的黑色大塑料袋。他们又是警惕地往周围张望了一下，然后慌慌张张地抬着塑料大包登上了堤坎。就在他们准备夺路狂奔的时候，几道强烈的手电筒光柱一齐射向了他俩："不准动！我们是县公安局的！"

怎么会有神兵天降？这究竟是怎么一回事？原来，包永刚第一次途经水塘时，看见塘里的鲤鱼翔集，凭着长期的职业习惯养成的警惕性，就觉得这个水塘有些异样。当别人告诉他这个水塘无人承包时，就更增加了他的怀疑：无人承包的水塘里怎会出现大群人工饲养的鲤鱼？这里面是否隐藏着一个不可告人的秘密？他后来从村子里经过，无意间听到两个妇女在叽叽喳喳地议论："真是奇怪，一个大活人，怎么说没就没了呢？"他推断这水塘一定有问题。

于是，在塘里钓鱼啦，去请教老杨头啦，都是他有意为之。他从老杨头那里了解到，村里确实有一名妇女莫名其妙地失踪了。这名妇女的失踪与这水塘里的秘密是不是有联系呢？于是，怎样把这条隐藏在背后的大鱼钓上来，他与老杨头密谋了一条引鱼上钩的计策。他先是与老杨头当众争论和打赌，目的就是要引起村里人的注意，敲山震虎让犯罪嫌疑人坐卧不宁。以后钓鱼队伍的撤离，只是让真正的钓鱼高手回去了，而卧底在其中的便衣刑警，晚上又悄悄地返了回来，潜伏在水塘的周围。

两名犯罪嫌疑人在强烈的电筒光柱的刺激下睁不开眼，早已吓得三魂丢了两魂，只得乖乖地束手就擒。刑警们打开黑色大包一检查，里面赫然躺着的是一具快要腐烂了的尸体。接着连夜突审两名嫌犯。在铁的证据面前，嫌犯涂富只得老老实实交代了作案经过。

涂富南下打工一年多后回到了家，就有人悄悄告诉他，他的妻子汪菊与邻居李大友有染。涂富气坏了，关起门来，恶狠狠地将汪菊劈头盖脸地毒打了一顿，要她老实交代与李大友偷情的事。汪菊眼含泪水，对天发誓，说她与李大友没有任何不正当的关系。她只是将家中一些干不了的重活请李大友帮帮忙，并且按当地标准付给他酬劳。李大友说乡里乡亲的，谈不上酬谢，她才给他以洗洗衣被作为换工补偿。涂富根本不相信妻子的解释。在又一次毒打后，妻子仍然申辩说没做出任何对不住他的事，他气愤地掐住了妻子的脖子，说只要承认了有此事就放过了她。可汪菊仍坚持说，没有的事要怎么承认？涂富见汪菊还要嘴硬，一气之下便加大了劲，待松手时，汪菊已咽了气。他也吓坏了，连夜将堂弟涂贵叫来商量对策。

两人将汪菊的尸体装进了几个重叠起来的黑色大塑料袋，在月黑风高之夜，神不知鬼不觉地放进了这个无人承包的水塘深处，还压上了几块大石头。涂富仍然担心被人发现，就在市场上买了几十斤鲤鱼苗，投放到塘里。他设想的是，让鲤鱼尽快地吃掉汪菊的尸体，以便毁灭罪证。谁知这群鱼似乎有灵性，也似乎知道这塘底掩藏着一个冤魂，不但不去碰汪菊的尸体，反而故意成群结队地在人前游来游去，以引起人们的注意，用此种方式向人们报警。后据水产专家解释，其实是因为塘里多年没有养鱼，塘里各种小生物大量繁殖，投放进塘里的鲤鱼因有丰富的食物来源，自然对抛下的钓饵不感兴趣。

两条大鱼终于被足智多谋的包永刚钓了出来，一桩沉冤案终于真相大白。

阳春三月，阿凡走进国防乐园，在宣传橱窗前观看"学雷锋树新风"的图片展览，突然，不远处人工湖边传来了"救人呀救人呀"的呼叫声，他猛一惊，立即疾步跑向了出事地点，见湖中水面上浮动着一个鲜红的大气球，两个八、九岁的小孩在水中挣扎，快要沉下去了。

吸取以往的教训，这次他多了一个心眼，忙问岸边的人："不是拍电影吧？"这一问不打紧，立即就遭到了人们连珠炮似的指责："什么？要拍电影你才去救人呀？想当英雄出名不是？""哼，没见过这样的人，带着锣鼓喇叭做好事！""你下去呀，我们去给你叫拍电视的来！"弄得阿凡尴尬万分。

看着湖中拼命挣扎的小孩，一股热血直往阿凡头顶上冲，他顾不得这些闲言碎语了，纵身一跳，向着落水者游去。

阿凡水性好，两个小孩被他一边一个抓着游回了岸边。两个小孩趴在石栏上哇哇吐出了许多清水以后，眼光仍恋恋不舍地朝向湖中："气球，我们的气球！"

阿凡从湿漉漉的衣袋里掏出五元钱，塞给了两个小孩："水中的气球不要了，你们重新去买两个吧！"

小孩接过钞票，向阿凡敬了一个礼："谢谢叔叔！"一溜烟跑了，阿凡随后也穿着湿漉漉的衣服离开了国防乐园。

阿凡晚上打开电视看本市新闻，把他的肺都气炸了。你道为何？原来播音主持正在播送一条新闻，说的是解放军驻本市某部战士杨新风，今天冒着初春的寒冷，从国防乐园的人工湖里救起了两名小孩，为此部队为他记了一个三等功。他阿凡想不到自己不为名不为利地救了两个落水儿童，却有人贪他的功，并且，这个冒名贪功的人竟是一名最应该受人尊敬的解放军战士。他思来想去，气愤难平。第二天一下班就骑着一辆自行车奔向了驻军某地。

连队指导员热情接待了他。当听完了阿凡愤愤不平的叙述后，指导员严肃而又认真地对阿凡说：'阿凡同志，你提供的情况很重要，我们一定会认真负责地弄清事实的真相，请你留下通讯地址和电话号码，待有了结果后，我们会及时通知你！"

第三天，阿凡就接到了指导员的电话，邀请他去连部一趟。阿凡想到一定是真相大白了，骗子，不，可能是年轻人邀功心切初次犯的错误，也该暴露无遗了。

他急匆匆来到部队驻地，指导员请他在沙发上坐下，通讯员给他端来一杯热茶。指导员在通讯员耳边嘀咕了一阵，通讯员点点头，从另一间屋子里领出了两个小孩，来到了阿凡的身边。

指导员问道："阿凡同志，你仔细看看，你救的是不是这两个小孩？"

阿凡把两眼睁得大大的，迅速扫遍了两个小孩全身，咦，怎么不像他救的那两个小孩呢？怪了，难道是因为没穿那天见到的那身服装吗？不对，不仅模样不像，年龄和个头似乎也要小些。两个小孩也把眼睛睁得大大的，围着他转了转，盯着他好一阵，然后茫然地摇了摇头。他弄糊涂了，浑身一热，像有无数小虫子爬满了全身。

正当他迷惑不解时，通讯员又从另一间小屋子里领出了一名解放军战士，指导员忙凑上前给他做了介绍："这是我连的战士杨新风同志。"指导员又把他介绍给了杨新风，杨新风立即向阿凡伸出了一只大手："向阿凡同志学习！"还没等指导员介绍完，两个小孩就跑上前亲切地拉住了杨新风："解放军叔叔，谢谢你救了我们！"

阿凡见到了眼前这个情景，脸一下红到了耳根：这是怎么的啦，眼睛一眨，他救过的那两个小孩怎么全变了模样，并且变成了别人救起的落水者？这下可好了，我不仅成了诬陷这位解放军战士的罪人，而且揭发者反倒成了冒名争功的小人！他纵有千张嘴也辩说不清。

正当他十分窘迫，无地自容时，通讯员又领来了两个小孩，一上场左瞅瞅，右瞧瞧，一下扑到了阿凡跟前："谢谢叔叔救了我们！"

这下阿凡似乎明白了什么，心中悬着的一块石头终于落了地。指导员微笑着向阿凡解释了这一切。原来，指导员那天在得到阿凡所提供的新情况后，认为事出蹊跷，必有原因，于是来到了杨新风救人的人工湖边进行调查，从一个清洁工人口中获知，在3月8日同一天中，这里先后发生了两起游人见义勇为救起落水小孩的事件。

指导员根据这条线索，顺藤摸瓜，终于了解到，就在阿凡救起两个小孩的地方，一个小时后，战士杨新风又从这里救起了两个落水儿童。杨新风见两小孩年纪小，就将他们送回了家里，照样是做了好事不留名就告辞了。其中一位家长悄悄地尾随着杨新风来到了当地驻军部队，向驻军首长表达了由衷的谢意，并强烈要求部队领导表扬该战士。

所谓"冒名者"的真相大白后，指导员很受感动，于是经过慎重考虑，才导演了这场奇特的见面仪式。

指导员紧紧地握住了阿凡和杨新风的手，不住声地夸奖："你们一个是地方的活雷锋，一个是部队的活雷锋，你们都是好样的，谁都不是冒名者！"阿凡咧开大嘴，不好意思地笑了。

好好活着

　　5月12日，刘吉良从汶川县城回家。儿子是一个孝顺听话的孩子，在威州中学读高三，很快就要参加高考了。可他为了给瘫痪在床的妈妈过一个快乐的节日，还是抽出紧张的备考时间，在5月11日母亲节这天，专程回家陪着妈妈高高兴兴度过了一整天。他说，他准备报考成都的华西医大，将学会一身精湛的医术，回来治好妈妈的病。妈妈欣慰地笑了。今天一大早，刘吉良和儿子一道去到了县城，送儿子进了校门后，他悄悄地来到了县人民医院。

　　离映秀镇只有几公里了，刘吉良的村子就在这里的公路边。下了公共汽车后，他大步流星地朝村里走去，觉得还有许多事他得抓紧时间去做。他是这个村的村委会主任，村里一千多号人奔小康的重任时时系在他的身上。

　　离村子很近了，就在这时，准确地说，是下午2点28分，他突然一个趔趄，身子稳立不稳倒了下去。怎么，这病说来就来了？他直感到时间太紧迫了。

不对，就在他往下倒的同时，天上地下一片轰隆隆巨响，大地像一头不驯服的怒狮，腾挪弹跳了起来，将他的身子重重地往空中抛掷。

不好，这是地震，可怕的大地震！

他努力地想站立起来往村子里跑，可是不行，地面翻起了波浪，他的身子已不听自己使唤，只得匍匐在地任凭大地筛簸。

一会，他终于从仍在颤动不已的地上站了起来，四周却是一片震耳欲聋的轰鸣，到处都升腾起一层密不透风的烟尘，刚才又是一阵眩晕，他已辨不清村子的方位。他深知，他所在的村庄处在谷底，四面环绕着高山，平常都不时有砂石往下滚落，在此大地震之时，更是滚石流沙飞泻直下冲击的首要目标了。

短短的几分钟，像熬过了整整一个世纪，刘吉良终于能依稀地看到村子了。可是，哪还有什么村子？他放眼望去，已没有了村庄，没有了学校，当然也没有了家，一切都夷为平地。完了，我们辛勤建造的美丽家园全完了！

他猛一个激灵：不好，乡亲们都埋在下面了，学生娃也埋在下面了，还有亲人们也统统地埋在下面了，他得赶紧去救人！他三步并做两步跑回了村子，见到一群人围在废墟旁呼天喊地叫着自己亲人的名字。他意识到大难之时不能乱方寸，赶紧召集起幸存的青壮年，每5人一组，迅速组成了10个自救小组，村子里留下4组，他带着6组人员向村里的小学奔去。村民委员张青松提醒他："大哥，你媳妇瘫痪在床，肯定埋在下面了，你不先去救救嫂子？"刘吉良边跑边回答："顾不得那么多了，还是救孩子要紧！"

村小学被摧毁的状况惨不忍睹，所有的教室和教学办公室全部倒塌了，除了一个班的学生在上体育课幸免于难外，全校有200多师生全都被埋在了废墟里。村民们赶紧配合体育教师将惊慌失措哭爹喊娘的学生娃转移到了安全地带后，就全力投入到了抢救孩子们的工作之中去。

他们一处一处地搜寻，大声地呼喊着："有人吗？有人吗？"只要能听到有孩子的回声，他们就立即展开搜救工作。搜寻了一阵后，刘吉良带领的一个小组有了重大的发现，他们在靠近原教学大楼过道处的一处教室废墟下听到了孩子们发出的呼救声，刘吉良等人马上大声回应："孩子们，别急，别急，我们在这里！我们很快就可以救出你们！"

可此时没有任何救援的工具，平常使用的锄头扁担也都被掩埋了，连一根使得上劲的木棍也难以找寻。时间就是生命，他们得赶在死神之前，将孩子们从废墟中抢救出来，谁也没作任何考虑，就用双手十指使劲抠出砖头瓦块，一点一点艰难地向废墟深处挖掘。

挖了好一阵，同一自救小组的许山林突然惊叫了一声："大叔，你的手！"——村里的人都不喊刘吉良"主任"，年长一点的亲昵地叫他为"大哥"，年幼一些的则尊称他为"大叔"——刘吉良这才觉察到，自己的十个指头已经渗出了鲜血，他淡淡地一笑："没什么的，救人要紧！"

终于挖到一个通往掩埋学生的洞口了，也可以和废墟下的孩子对话了，其中一个孩子已经爬到了洞口将一只手伸了出来，刘吉良鼓励他慢慢往外爬。可仅仅能伸出一个头，孩子的整个身子还是被卡在了里面。

刘吉良给孩子补充了些水和食物后，叫他暂时退回去好好休息一会。这个洞口上面是重重叠叠的预制板，下面是坚硬的水泥地，要徒手扳开这些预制板是根本不可能的，且有再度坍塌的危险，他们就用砖石等硬物一点一点地砸宽洞口，几经周折，终于将这个学生救了出来。紧接着又从这个洞口救出了8个孩子。

9个孩子被救出后，废墟里仍然有微弱的呼救声，可他们却被重物压在了下面。此时是余震阵阵，孩子们在里面多待一会，就会多一分危险。许山林要钻进洞去救人，刘吉良拦住了他："不行，你还年轻，还没成家立业呢。"王东石争着往里钻，也被刘吉良制止："你也别进去，村里还有许多事等着你去做呢！"刘吉良不顾众人的劝说，趴下身就从狭窄的洞口钻了进去。

过了很久很久，又有一个孩子被刘吉良从课桌的挤压中解脱，送出了洞口。就这样不停地摸索搜寻，他费了很大劲，连续从废墟中刨出了3个孩子。当最后一个孩子被送出洞口时，此时又一个余震袭来，大地又重重地抖了一下，整堆废墟不禁簌簌地往下沉。在外面的村民和被救出的孩子们心里都一紧，急得大声惊叫了起来："大叔，大叔，你还好吗？"

过了一会，才听到里面传出了微弱的声音："乡亲们放心，我好好的！可我一时出不来了！王东石听着，你得赶快派人出去送信，把我们村受灾的情况报告上级！还有许多的乡亲和孩子压在下面呢！你们别守着我，快去救救别的孩子，快去……"

王东石心里一热，眼眶里已噙满了泪，只能答应着："大叔放心！我已经派了人出去报信，救援队一会就会到来，你可要挺住啊！"面对变得更加窄小的洞口和随时都可能再度垮塌危急万分的预制板堆，废墟前已是一片嘘嘘的哭声。

又是一个强烈的余震袭来，废墟下再没了声息。人们的心被强烈地撞击了一下：刘吉良，我们的好大叔，好大哥，你可是把生的希望留给了孩子们，把死的威胁留给自己的啊！人们静静地伫立在废墟前，一个个都泪流满面地垂下了头，神情肃穆地闭上了双眼，默默地为尊敬的大叔、大哥祈祷着。

等专业救援队赶到村子，将掩埋在学校废墟下的刘吉良救出时，刘吉良早已停止了呼吸。人们从他的衣袋里搜出了一张纸，纸上歪歪扭扭留下了四个字，那是他在黑暗中摸索着用手指蘸着自己的鲜血写下的。

那四个字是：好好活着！

写上遗言的是一份刘吉良的疾病诊断书，上面的诊断结论是"肝癌晚期"。诊断书上方留下了一个难忘的日子：2008年5月12日。

「狗选」彩票

李自立是个下岗工人。他先先后后经营过几个店，都亏本关门了，但他不相信自己不是一个干事业的料，便暗下决心，不闯出一条自我发展的路绝不停歇。在朋友的帮助下，他又开了家福利彩票投注站，经营了半年之后，他才发觉这个站在选址上有些问题。原本想投注站设在高档住宅区附近，这些富裕人家有闲钱来购买彩票，谁知有钱人却大多是不买彩票的，他们开着高档轿车从投注站门前经过，连车也不会停一下。李自立每个月卖彩票的收入只能勉强维持一家人的生计。

可最近的一个多月，他发觉投注站的营业额一下增加了许多。仔细一回想，主要是一个民工模样的中年人每次来都打几百元钱的彩票。

一个打工的人每隔两天就要在买彩票上花去几百元钱，难道他是举债而为？

有一次，他关切地问这位民工："王师傅，在哪里发财？"被叫作王师傅的中年人说出了一个建筑工地的名称。李自立感到奇怪："那附近不是有一家彩票投注站吗？你怎么舍近而求远呢？"王师傅憨憨地笑笑："嘿嘿，嘿嘿，我主要是不想让工友知道我花这么多钱来买彩票了！"李自立好似不经意地问问："王师傅是个收入不低的包工头吧？"王师傅腼腆地搓着手："不好意思，其实我只是一个普通的砌砖工。"李自立不作声了。

一会，他真诚地对王师傅说："你是打工的，我是开店的，咱们挣钱都不易。买彩票这种事，对咱们来说，可不能当作事业来做，小打小闹玩玩可以，影响了自家的基本生活可不行！王师傅，你知道吧，你玩的这种双色球投注方式，中大奖的几率是千万分之一，哪会人人都中大奖呢？"王师傅欲言又止："这个……这个……哎！"歇了一会，他才说出了实情："我哪有那么多闲钱来买彩票呀？其实我是替张青松买的！"

张青松？又是他悄悄替我做的好事！李自立过去和张青松是同一个班的工友，两人是很要好的哥们。张青松10年前就辞职出去干个体户了，经过多年的打拼，终于经营上了一个属于自己且效益不错的小型超市。李自立下岗后，张青松多次想在经济上帮助他，都被他婉言谢绝了。张青松知道李自立的自尊心很强，就想方设法通过朋友借给李自立的妻子5万元钱，帮助他们开了这家彩票投注站。后来还是让李自立知道了这5万元借款的来历。李自立向张青松表示："5万元借款我会尽快还给你！"张青松不乐意了："就算哥们的一点心意行不行？"李自立回答："心意我领了，但我总不能一辈子自己不会走路，老是依赖别人吧？"张青松见李自立钻牛角尖认死理，也拿他没办法。

现在又是张青松在暗中帮他的忙，他一个电话把张青松请到了店里，"把好心当成了驴肝肺"，劈头盖脸就是一顿"剋"："你以为你手上的钱是从天上掉下来的？你还以为我不知道，你这个小超市，卖的小商品利润薄得很，每个月花几千元来买彩票，要抵掉多少营业额？把大把的钱花在买彩票上，你值不值？"面对李自立咄咄逼人的质问，张青松只有招架的工夫，哪有还口的能力？

此时，抱在他怀中的小狗祥祥，不解地望望李自立，又昂起头来拱拱主人，心想这两人怎么啦，平时见了怪亲热的，现在却闹得脸红脖子粗的？祥祥解不开"人事"，也懒得管这些"人事"，就在主人的怀中擦擦痒，撒撒娇，顺势翻身打了个滚，猛地一下挣开了主人的怀抱，往外一蹦。张青山本就挨着彩票投注机坐着，祥祥这一蹦，恰好就蹦在了投注机上，张青山和李自立见状，都同时张开手要去抱祥祥，还是晚了半拍，祥祥在投注机数字键盘上站立不稳，四只脚爪不停地抓搔，就听见投注机咝咝地响着，紧接着就从票窗吐出了一张彩票。

李自立取过彩票一看，是一张5注打印好了的双色球彩票，很明显是祥祥在慌乱之中踩到了机选5注的键。宠物也能自个做主"选号"打票，真叫人哭笑不得。张青山见是祥祥闯的祸，很爽快地掏出10元钱买单，却被李自立一把挡过："青山兄，你这不是打我的脸吗？你来我这里，就是我的客人，我怎么会让客人破费呢？"张青山解释道："是我的祥祥冒冒失失打的票，当然该由我这个主人负责了！"李自立可不依："你帮我的够多了，就是现在你都还在想方设法帮我。你以为我不知道，是你故意放祥祥到投注机上，让它多帮我打几注彩票，你这么处心积虑地帮助我，何必呢？"两人都各说各的理，争个喋喋不休，还是在店里选号的两位彩民替他们解了围："算了吧，你俩是朋友，不就10元钱吗？就给李老板一个面子，让他买单吧！"张青山见旁人都这么说，也就只得作罢。

第二天一早，双色球中奖的号码出来了，李自立不以为然地拿过彩票一对，他一下睁大了眼：这张"狗选"的彩票内中的一注居然中了个二等奖！别看是二等奖，因这期中二等奖的注数不多，每注也有50多万元，扣除个税，有40多万之巨呀。李自立当然高兴得合不拢嘴。高兴之余，他寻思道，这张彩票是青山兄的祥祥"选"的号，本来青山兄就要出这笔彩票钱的，是我硬挡下了，这张中奖的彩票理应归青山兄所有。咱穷虽穷，可不能把别人的财富据为己有。他一个电话又把张青山叫到了店里。

张青山颠颠地跑来，问有什么急事。李自立将一张彩票塞到了他的手里，说："不跟你争了，你还欠我10元彩票钱呢！"张青山摸不着头脑地接过彩票，兀地愣怔了一下，又似乎明白了什么，便拿着彩票到墙上贴着的双色球中奖号码前查对。一会，他突然高声大笑了起来："自立兄，祝贺你！祝贺你！真是苍天有眼，中了个二等奖呢！"

这下两人争执起了彩票的归属问题，都言之凿凿，谁也不让谁，称彩票应该归对方所有。争论了好一会，张青山猛一拍大腿，提高了嗓音："自立兄，亏你还是投注站的老板，这一点你还不明白？彩票投注规则规定得明明白白，谁出的资，谁持有彩票，中的奖就该归谁！况且昨天还有两位彩民当场作见证呢！"

众人听说这家投注站里"狗选"的彩票中了个二等奖，都纷纷跑来看稀奇，把一个小小的投注站围得个水泄不通。在投注站里，大家又亲眼见到投注站老板毫无半点私昧之心，把本该属于自己的奖项都要义让给别人，都齐声称赞老板仁义，品质高风亮节。众人又都一致表示，这笔奖金理应归李老板所有，李老板不该推辞。张青山顺势将彩票硬塞到了李自立手里。

兑了奖后，李自立仍过意不去，坚持要把一半奖金分给张青山。张青山哪会要他的钱，心想，我一直想帮你，你都不给我这个面子，让我没机会来表达我对你的情谊。还是祥祥理解我的心，把我想做而没做到的事给办成了。他爽朗地一笑，往李自立肩上一拍："你实在要给，就把我借给你的那5万元给了吧，省得你再有什么心理负担！当然你也要谢谢我的祥祥啰，它可是给你选号的头等功臣，你就给它买一个狗狗罐头，好好犒劳犒劳它吧！好了，别再啰嗦了，就这么一锤定音！"

说也奇怪，自那次"狗选"彩票中奖后，李自立的彩票投注站生意出奇的好。很明显，多数人是冲着老板的诚实守信而来；但也有不少人是抱着宠物来"狗选""猫选"打票，也想试着撞撞大运的。

紧急寻找一双女靴的主人

　　黎建新大学毕业后，没急于去求职找工作，而是争取到了地震重灾区，进入社区当了一名志愿者，协助社区搞好灾后重建工作。

　　这天，社区办公室来了老赵和小马两名派出所的民警，小马提着一双红色的女式长筒皮靴，请求社区人员协助他们一道，寻找这双女靴的主人。社区主任立即委派热情而又聪明能干的黎建新配合民警的寻找工作。

　　黎建新平时就喜欢看探案小说，接受这项任务后十分高兴，他饶有兴味地问两位民警；"这双女靴是不是涉及一桩重大的案子？"赵警官笑笑，没做正面回答："任务很紧迫，我们必须在最短的时间内找到这双女靴的主人。"黎建新见赵警官顾左右而言他，愣怔了一下，又似乎有些明白：这双女靴的背后，一定包含有不能向他这个普通百姓透露的案情，他也就知趣地不再刨根究底地追问。

　　他们三人提着这双女靴走街串户，逢人就打听知不知道这双女靴是谁的。不少的人都茫然地摇了摇头。一些人接过女靴端详了半天，东指西认，也说不出一个准确的人来。

人们见两个警察和一个小青年提着一双女靴满大街寻找靴子的主人，认为是警察办案，好奇心驱使他们运用丰富的想象力和非凡的创作才能，绘声绘色地描绘出女靴背后的故事。有的说，这双女靴是凶杀现场犯罪嫌疑人留下的物证，被杀的是一对偷情的男女，凶手就是那男死者的妻子。有的说，这双女靴是在一荒郊野外拾到的，被害的年轻女子已被毁尸灭迹，找到女靴主人的真实身份才能打开通往案件侦破的途径。总之，有关这双红色女靴的形形色色的故事版本竞相在群众中流传，不时还补充进些新的情节。

忙活了几日，老赵见工作没什么进展，就提议打印寻物启事，四处张贴，并且兵分三路，三人各自包干一片，拉网排查式地去寻找女靴的主人。于是，由老赵和小马各提着一只女靴，黎建新则手持一张女靴的照片，到各条街道、各个小区去逐一寻访打听。

不久，小马就有所斩获了，经不少人辨认，这双女靴很可能是一个平时打扮得十分妖娆的，叫柳娅丽的年轻女人的，但柳娅丽地震后就外出打工去了。究竟去了哪里，谁也说不明白。黎建新一拍脑瓜："我有办法了，准能找到她去了哪里！"老赵忙问什么办法，黎建新说，我把柳娅丽的个人资料放在网上进行"人肉搜索"，全国这么多遍及各个角落的网民，打一场网内网外齐动员的人民战争，不愁找不出她在哪里。老赵赶忙制止："不行不行，不能采取这种极端的方式！小黎，你可别胡来呀！"

后来几经辗转打听，终于了解到柳娅丽打工去的地方，原来她去到了东莞的一家服装厂。黎建新就提出一道去东莞找柳娅丽，老赵说道："不必兴师动众去东莞了。小黎，还是发挥你的长处吧，我把柳娅丽打工所在地派出所的电子邮箱地址告诉你，你把这双女靴的照片发过去，再由他们前去找柳娅丽核实，这样更省时省力。"很快，当地派出所就有了回复，说照片上这双女靴不是柳娅丽的，柳娅丽当即还拿出了一双相同式样的女靴证明。多日的辛苦竟是一阵白忙活。黎建新弄不明白，为什么要轻信柳娅丽本人说的话，她是当事者，当然知道这双女靴干系重大，自然早就有所准备，也早就去买了一双相同式样的女靴候着，所以找这双女靴的主人就不会落到她的头上了。柳娅丽岂不就成了漏网之鱼？

过了好些天，有一个小女孩主动找上了门，说这双女靴是她妈妈的。小马热情地招呼："那叫你妈妈来认领呀！"女孩一听"妈妈"二字，顿时就默不作声了，两眼湿润润的，闪着晶亮的泪花。三人都感到异常，忙关切地问："怎么啦？别哭别哭，有话好好说嘛！"问了好一会，小女孩才抽泣着回答："妈妈……妈妈，她去了。"在这特定的大灾难时期，人人都明白"去了"二字是什么含义。老赵一脸慈祥，躬下身子和蔼地问："那你爸爸呢？""爸爸……爸爸也去了。"小女孩的父母都双双去世，三个大男人都鼻子发酸，心里好一阵难受，怪不是滋味的，不知道说什么安慰的话好。

小女孩说，她叫阳曦，是镇中学初中三年级的学生。5·12大地震时，她家的房屋被垮塌下的山石推到了江里，父母双双遇难，连遗体也没找回。她当时正在学校读书，地震时从教室里跑了出来，才幸免于难。现在，她特别思念不幸去世的父母，可房屋已被夷为平地，父母没留下任何一件遗物，现在能找回这双母亲曾经穿过的靴子留作纪念，这意义就非同寻常了。

一个多么可怜可爱的地震孤儿！三人轮番地安慰她，开导她，并表示愿意为她承担生活和学习中的一切。

老赵有些不放心地问阳曦："你怎么能判断这双靴子就是你妈的

呢？"阳曦说："当然能认出来了。除见妈在冬天时经常穿它外，我还穿过一次这双靴子。那次学校举办文艺晚会，我穿着它跳蒙古舞，临上台时才发现左脚靴子上的拉链坏了。害得我临时找了两颗别针别上了，所以对妈妈的这双靴子的印象特别深。"说着从书包里取出一张跳蒙古舞的剧照，指着照片上她穿的一双靴子。

可不是，照片上阳曦穿的靴子与他们手中的实物一模一样，左靴上的拉链也是坏的，他们千辛万苦要寻找的靴子的主人是阳曦的妈妈无疑。

阳曦神情庄重地从小马叔叔手中接过了妈妈的靴子，毕恭毕敬地向两位警察和黎建新敬了一个礼。老赵却叫阳曦别忙走，还有一件重要的事向她交接。他转身打开了保险柜，从里面取出了一个用破布包着的小包，郑重地交给了阳曦："这也是你妈妈给你留下的！"

阳曦疑惑地接过了布包，打开一看，竟是一大卷被折叠得皱皱巴巴的百元大钞。她惊呆了："叔叔，妈怎么会给我留下这么多钱，这究竟是怎么一回事？"站在一旁的黎建新也是一头雾水。

老赵这才把事情的原委向阳曦说了出来。原来，这镇上有一名从乡下来的修鞋匠，名叫曾石成，日子过得并不富裕。5·12大地震时，他家的房屋也倒塌了。后来清理废墟时，他一直守在清理现场，尽量找回地震前客户送来修补的鞋子。待稍一安顿下来后，他的修鞋铺就在地震灾区率先开张营业了，并在门口贴出了一张告示：凡是地震前送来修补的鞋子，他都一双不少地找了回来，并且免费为大家修补好，希望客户前来领取。曾石成在修补一双红色女靴时，猛然发现两只靴子里都塞进了一大卷百元大钞。他惊愕万分，不敢相信自己的眼睛，并且努力地回忆，却总也想不起送这双靴子来的人是谁。为了尽快找到靴子的主人，他赶紧将靴子和钱物原封不动地交到了派出所。老赵当着曾石成的面清点了这两卷钞票，竟多达12000元之巨！

　　老赵分析，很可能是某一家人的妻子出于某种原因，背着丈夫偷偷地往平常不穿的一双坏了的靴子里藏下的私房钱。而丈夫却并不知晓，误将这双靴子送到了修鞋铺。一场大的灾难后，送靴修补的丈夫可能早就将这桩他自认为无足轻重的小事忘了，而妻子也不便提及靴子的事，于是这双不同寻常的女靴就阴差阳错地留在了修鞋铺里。在寻找女靴主人的过程中，为防有人前来冒领，派出所的干警对靴内藏有巨款这一事实对外进行了严格的保密，并且大张旗鼓发动群众四处寻找，就是为了能尽快而准确地找到这双靴子的真正主人，将这笔巨款交还到失者的手里。

　　妈妈的靴子和留下的巨款，竟是一位老实巴交的修鞋匠送来的，阳曦十分感动，心里一阵阵暖意流淌，她迫切地希望能尽快见到这位可亲可敬的好心人。

救人的皮带

　　女友小翠与王大山大吵了一场后，气急败坏地一摔门冲了出去。王大山也是一肚子气，心想去就去吧，谁稀罕谁呢？可过了一会儿，又转念一想，毕竟是多年的情侣了，感情基础还是有的，怎么能任她去呢，万一出了事咋办？他赶紧拨打她的手机，小翠的手机已关。他不禁忐忑不安，确实放心不下，也跟着跑了出去。

　　王大山满大街寻找，也没见到小翠的影子，不知不觉中内急起来。要放在以前跑野外，随便找片树林或庄稼地就能解决问题，酣畅痛快得很。可这里不行，这里是城市，虽说不是闹市区，但不时有一两个行人走过，要是被人撞见可怪丢人现眼的。况且现在正在争创全国文明城市，这种不文明现象可是给城市抹黑。

　　他跑了好一段路，都没找见公共厕所，肚内却愈憋愈急，头上冒汗，心里发慌，难受得不行，再憋下云肯定要出问题。眼见到了府河边，他眼瞅着四下无人，就顾不得什么了，赶紧躲进路旁一片树荫下，唰唰唰好一阵痛快淋漓。压力解除，包袱卸下，从头到脚一阵轻松，却听见远处有人在喊叫什么。他耳背，是过去井喷时落下的后遗症，不到身边大声说话是听不清的。放眼望去，见是一个戴着红袖套的中年妇女向他紧急地招着手，他知道糟了，肯定是自己随处小便被抓了个"现行"。

王大山距红袖套有好几十米远的距离，此时要溜也来得及。这种事他可做不出。他想不错都已经错了，伸头是一刀，缩头也是一刀，认罚吧，就乖乖地向红袖套走了过去，红袖套也小跑着向他靠近。两人碰面，他主动地掏出钱夹，问红袖套要罚多少？红袖套却说："把皮带抽出来，提着裤子——赶紧！"天，这是什么惩罚方式，不收罚款，却要解开裤带提着裤子，这不是侮辱人格是什么？我不就是解了个小便吗？不是被逼急了谁做得出这种事？接受批评知错就改就是了，何至于这么跟人过不去？

红袖套见他迟迟疑疑没有动作，急着要伸手采取"革命行动"，一个女人要抽他的皮带，这叫啥话？他赶紧自己动手将皮带抽了出来，红袖套迫不及待地一把抓了过去，并嘱咐他："提着裤子，背向河堤！"他这才注意到，河堤处已经站了一排男士，一个个都老老实实规规矩矩地提着裤子面朝着公路，看样子都是与他一样犯有同样的错误。他们的身后有几个女人俯身在河堤栏杆上指手画脚地喊叫着。没办法，他只得乖乖地加入了这个男人们提着裤子的队伍之中。在陌生的女人面前提着裤子，这是他有生以来的第一回。

脸红心躁地挨了一会，猛听得身后一阵女人的欢呼声："啊——啊——成功啦！"稍顷，身旁一位男士扯了扯他的衣角："喂，老兄，你没听见叫呀，可以回过头来了！"王大山不解："叫我们提着裤子干啥呀？"对方见王大山一副屈辱的模样，扑哧一声笑了："哎，用我们的皮带连接成绳子，下去救人呀！刚才那位戴红袖套的大妈不是跟你说清楚了吗？"

说清楚了？他怎么会没听见呢？都是这耳背招的。这位男士解释说，一个姑娘，可能是因为失恋跳进了府河，一位女游泳队员下水将她救到了岸边，却上不了又高又滑的堤坎，于是，几位妇女急中生智，呼喊过路的男士将腰间的皮带解下救人，你来之前，皮带接成的绳子刚好差几十厘米。"可是，为什么要我们背向堤坎呢？""哎，那姑娘神经有些失常，是赤身裸体跳进府河圭的——这种情景，你能看吗？"这下他算落了个大明白。

王大山不由向被救上岸裹着一身众人的衣服的姑娘望去：天哪，那人竟是小翠！

爱情不设涨停板

牛石是在一次英雄救美中认识张婷的。他只是一个中职生，在一个小区担任保安队长，本不够张婷心目中白马王子的标准。但牛石长得高大英俊，又很会体贴人，张婷只身在外，正需要这么一个护花使者。通过几次交往后，牛石终于赢得了张婷的芳心。

两人热热络络地恋爱了三年，已到了谈婚论嫁的地步，可他们的感情却突然遭遇到了倒春寒。咋回事呢？原来是张婷迷上了炒股。她动员牛石，说现在是大牛市，将他俩手中各自积攒的5万元钱凑在一起，拿到股市去打个滚，赚出个住房按揭的首付款。牛石却不同意，说那风险太大，还是存银行保险。张婷批评他，不炒股倒是没有亏钱的风险，但却冒了一辈子都发不了财的这个大风险。牛石还是坚持工薪族要好好守住自己这俩钱。张婷对牛石很不满，只得独自去开了户。

之后两人见面时，张婷滔滔不绝谈的就是股市，什么K线分析、基金黑幕、优良资产，又是什么涨停板、交易量、布林线，时而眉飞色舞，时而后悔连连。牛石一点也听不懂，自然插不上嘴。张婷建议他也学学炒股。张婷担任的是会计工作，虽说上班可背着领导炒炒股，但总不是那么方便，况且公司最近对上班炒股查得很严。而牛石上班是三班倒，白天有时间上证券交易所，可以代替她去操作。牛石苦着脸说，心爱的人叫他赴汤蹈火干什么都行，唯独对这些枯燥的数字感到头疼。张婷却坚持要他进入股市博浪，说现在的年轻人不懂投资就会落伍，就不是一个完全意义上的现代人。牛石说她是赶鸭子上架，逼牯牛下仔，强人所难，两人弄得不欢而散。

两人就这么僵持冷战了三个多月。5月28日，牛石突然接到了张婷同事的一个电话，说张婷突发疾病，已被120接走了。牛石认为这正是自己表现的大好机会。他匆匆地赶到医院，见面问候后，张婷十分吃力地交给他一袋资料，说这几天股市涨得非常好，叫他马上到交易所去，按她所选的股票，把余下的3万元资金全部买进。牛市不言顶那，叫他赶快去全仓吃进！牛石迟迟不愿动身，张婷难过地侧过了头。牛石看着病中的恋人，左右为难，眼含热泪地说，婷婷，是人重要，还是股重要？这个时候，我离开了你，我还算人吗？放心吧，等把你安顿好了，我会以百米冲刺跑到股市！

直到张婷被推进了手术室，牛石才放心地去了证券交易所。

张婷的阑尾被切除了，牛石日夜守护在她病床前。张婷问股市行情怎么样了？牛石说很好。再问具体情况，牛石则回答，医生嘱咐过，不管股票涨与跌，都不能与病人谈股市，要让病人保持平和的心态。张婷拿他没办法，一到开市时间，就把他往交易所赶。

6月6日下午3点半，张婷的朋友舒秀来看望她。张婷问她股市行情，舒秀说："你还不知道哇，这几天股市大跌呢，从4335点跌到了3404点，我手中的股票连着跌了5个跌停板，损失了8万多元，惨哪！"张婷一听脸色煞白，原来她重仓持有的也正是舒秀买的那只股票。舒秀损失了8万多，照此算来，她也该损失了4万多元，本该有10万元的市值，现在一下缩水到了6万元。唉，狂跌挨飞刀，她惊恐得一下晕了过去。

等医生将张婷抢救苏醒过来，她眼前站着的是一脸焦急的牛石。牛石忙安慰她："没事的，我们的股票没事的，这几天还赚了不少钱呢。"张婷气愤地说："明摆着的事，你还要骗人！两市跌停了一千多只股票，倾巢之下岂有完卵？唉，眼看到手的利润一下泡了汤，我心里疼哪！"牛石赔着小心，满脸堆笑地说："真的呢，我没有骗你，你看看我带来的这几天股票交易的交割单就明白了。没错，你交给我时账户上的总资产是10万元，我把我手中的5万元也打进了账户，现在我们的总市值已经到了18万。你看看，这些天我们一共赚了3万元呢。"

牛石在天方夜谭编神话吧？张婷疑惑地接过了交割清单。一一查看下去后，她不由惊愕万分地瞪大了眼："难道你成了股神啦不成？大盘飞流直下，高手都束手无策，你却顺利地逃了顶，居然在大跌之中赚了钱，这究竟是怎么一回事？"

牛石说，自张婷冷淡他后，他认真地反思了几天，为了圆心上人的梦，他咬了咬牙关，终于下决心一定要学会炒股。他除了买来几本证券投资的书来啃之外，还参加了几次短期的金融培训班，并且练习着打了一场炒股的模拟战。这次张婷生病时委托他到交易所去实盘操作，第二天，也就是5月29日，他在交易所的电脑上看了看大盘，又打开个人账户了解了情况，就觉得张婷的投资有问题。大盘已经涨了这许多了，怎么还要满仓操作？世界上哪会有只涨不跌的股票？他进证券投资培训班，上的第一课就是要注意防止风险。同时也是出于对恋人健康的关心，让张婷不要在生病时总惦着股市，他就果断地决定将股票全部抛出，空仓观望。

　　他为了防备此次操作可能会给张婷带来损失，就将自己的5万元也打进了账户，如有损失就用自己的资金补填。谁知他这一大胆的操作，却让张婷的股票躲过了一场股灾，5月30日调整印花税的消息传来，大盘应声而落，张婷的股票成功地逃过了5个跌停板。至6月5日，大盘跌至3404点，牛石手中的资金充盈，认为可以进去抄底抢反弹了。选什么股呢？这几天媒体正大力宣传节能减排，他认为环保板块有戏，就选了两只环保股买进去，当天就由跌停板涨到涨停板，今天又抓到一个涨停板，两天就让股票涨了30%。牛石喜滋滋地说，加上躲过的5个跌停板，我等于送了你8个涨停板的大礼包，这礼物不轻吧？

　　张婷喜极而泣，她激动地拉过牛石，在牛石的脸上重重地亲了一口："我也送你一个涨停板——爱情的涨停板！"牛石幸福极了，却不解地反问："爱情也设涨停板？"张婷愣了一下，也觉得此话不妥，忙改口道："啊，爱情不设涨停板，爱情涨到百分之百也不停牌，我出院后，就将股市中我们共同投入的10万元本金抽出来，马上就选房结婚！迎来我们的爱情大牛市！今后股市就由你一人去操盘！"

不愿做个透明人

　　柯倩大学毕业后应聘到了天马软件公司，就成了男儿王国里一道亮丽的风景。她长得实在是太美了，美得耀眼逼人，美得无可挑剔。与大家工作相处了一段时间后，同事们发现，柯倩不仅人长得漂亮，工作也十分认真负责，待人亦热情亲切，行为处世一点也不张扬，堪称当代靓女中的极品。渐渐地，她成了年轻人心目中的白雪公主，身边就有了不少的追求者。

　　正当追求者们在显出文火功夫巧用攻心战术的时候，却有人捷足先登，电子研究所的一名年轻有为的博士赢得了柯倩的芳心。

　　博士名叫王睿，是一位电子专家，担任研究所副所长职位。一位朋友在暗中考察了柯倩一段时间后，认为柯倩是王睿择偶的最佳人选。经这位朋友撮合，两人结识后相处了一段时间，都认可和欣赏了对方。半年后，他们携手踏上了婚礼的红地毯。

　　组建了温馨的小家庭后，王睿对妻子更是呵护有加，揣在手上怕热了，含在嘴里怕化了。他认为自己比妻子大十多岁，就应该像照顾小妹妹一样来照顾柯倩。

　　清晨，他早早地起床把新鲜的牛奶面包准备好。待妻子吃完早餐收拾停当后，就驾车将妻子先送到她上班的公司，然后他才去研究所上班。下班也是要接上妻子一道回家。柯倩向丈夫提出，尽量不要在餐馆里吃饭，说餐馆里的饭菜是又贵又不卫生。王睿就变着花样给妻子做可口的饭菜。柯倩生来就不是享福的主，她也争着到厨房去露上一手，两人常常是争着抢着做事，小日子过得其乐融融。

　　有一天，柯倩问丈夫："你为什么要待我这么好呢？"

　　王睿半开玩笑半认真地说："哎，我这么大年纪了，我不对你好点，要是你哪一天嫌弃我了，离我而去，抛下我一个孤单单的老光棍，我该咋个办嘛？"

　　柯倩颇感意外："睿哥，你咋会有这种担心呢？我这个人，最是单纯专一了，怎会只去图那些虚的东西，我咋会活得这么没有分量？"

　　王睿这才释然而笑："有你这句话我就放心了！"

　　不久，柯倩在工作中遇到了一道难题。经理交给她一个医疗软件的编程任务，这个软件，前面的工作人员已经做了不少工作，经理要她在此基础上，补充和完善这个软件，尽快交给用户使用。她调出这个半成品琢磨了许久：我的妈呀，她根本就理不清头绪，一头雾水地不知从何下手。原因是前期的软件开发人员没有写下相关的技术文档。很明显，这是由于公司管理混乱，致使个别员工极端不负责任，在工作中遇到了麻烦，就辞职甩手而去。面对这团乱麻，她无从下手，请教了几位同事，别人审视揣摩一番后，也爱莫能助。工作没有进展，矜持的她，也不免在电脑前长吁短叹起来。

晚上，丈夫关切地问她："是工作上遇到了不顺心的事吧？"柯倩点了点头。

"是一个医疗软件推不下去了吧？"

柯倩感到吃惊："是呀，你是怎么知道的？"

王睿幽幽地笑了："你身边的人告诉我的呀！"

柯倩一听这话，不禁在心中嘀咕开了：我身边的人告诉他的，这么说，丈夫在我的身边安插了眼线，我的一举一动都在丈夫的监视之下了？虽然我不会做出半点对不住丈夫的事，但我做的什么事丈夫都知道，这成什么事了？柯倩心中很不是滋味。

王睿见妻子脸上掠过不快的阴云，赶忙赔着笑脸解释："我是关心你呢，所以委托了一个朋友在工作上多关照帮助你。想来你遇到的这个难题，他也没法解决，所以他才告诉了我。这样吧，你明天上班时就把这份资料用附件发给我，我一准给你搞定！"柯倩这才由阴转晴。

果真，三天后，王睿就把一套编制完善的软件交给了妻子，柯倩试了试，十分满意。王睿得意地说："想不到吧，我对软件编程也很在行呢，倩倩，你可不要忘记，我大学本科学的就是计算机软件专业！"柯倩由衷地感激丈夫在事业上对她的帮助。

几年后，王睿升任电子研究所所长，工作更忙了。柯倩见丈夫仍天天开车接送她，心里很过意不去，就向他建议："现在咱们有这个条件了，我也买一辆车来开开吧，以后我就每天自己驾车上下班！"王睿立马答应："行，可要注意安全哟！"

柯倩学会了开车后，就再没让丈夫接送了。这天，她驱车前往另一座城市，为一个客户进行软件运行调试。车行至一个急转弯时，突然发现一辆面包车迎面急速驶来，情急之中，她赶紧将方向盘往右一打，谁知却用力过猛，汽车一下撞到了崖壁上，她眼前一黑，就什么也不知道了。

等她从抢救室苏醒过来后，医生告诉她，她已经昏迷了三天三夜了。医生还告诉她，幸亏她丈夫将她送来及时，要是晚来一会，她就没命了。她十分感谢丈夫在关键时刻救了她一命。

此时丈夫拖着疲惫的身子闻声进来了，眼圈黑黑的，两眼已深陷了下去，明显地瘦了一大圈。他十分激动地拉过妻子的手："倩倩，倩倩，醒过来就好了！你可把我吓死了！"

经过生死劫难，看着心爱的丈夫，柯倩不由心中一动，鼻子一酸，两行热泪禁不住簌簌流淌了下来。

柯倩伤愈出院后，丈夫对她更加关怀备至，叫她暂时不要开车了，他每天仍是开车接送她。可是仅仅过了三个月，柯倩却十分意外地向丈夫提出了离婚。

"为什么？"王睿一脸茫然，很是不解。

"这得问你自己呀！你自己做的事还不明白呀？"柯倩两眼直逼王睿。

"难道我对你不好吗？我真不知道我做错了什么呀？"王睿一脸无辜。

"好，我也让你离得明白。我问你，我遭遇车祸时，你为什么能先于120赶到事故现场，将我送到了医院？"

"这个……这个……嗨，你不是我最心爱的妻子吗？咱们之间有心灵感应呢，所以你一出事我马上就感觉到了！"王睿做出了解释。

"你有特异功能？不仅能感知我出事，还能知道我出事的准确地点？就是我工作中遇到了什么难题，你也能准确无误地知道？你有千里眼和穿过墙壁的透视功能？"柯倩像发连珠炮似的逼问。

"亲爱的，我不是时时关心着你吗？你的一举一动自然就牵着我的心了！"王睿的态度十分诚恳。

"你关心我？你就是这么关心我，这么信任我的？"说着，气愤地从鞋柜里提出了几双鞋，用一把榔头乒乒乓乓敲掉了几只鞋后跟，每只鞋后跟里都赫然露出了一个小物件："这是什么？你该认识吧？窃听器！高科技产品！你在你亲爱的妻子的每双鞋里都安上窃听器，用这种卑鄙的方式监视我的一举一动，你这个大博士的聪明才智真是发挥到了极致！"

此时，王睿额头上已沁出了豆大的汗粒，看着怒气冲冲的妻子，他无计可施，顿时傻眼了。蓦地，他泪流满面，朝着妻子咚的一声跪了下去："都是我不好，都是我不对，倩倩呵，我是太爱你了，太珍惜你了，生怕哪一天会失去了你。所以，所以，迫不得已，才行此下策啊！"

柯倩仍怒气未消，指着天花板上质问："尊敬的王所长，王博士，你再看看，那上面的一个黑点又是什么？是监视我的摄像头！你就是这么爱我，这么关心我的？鞋子里安窃听器，卧室里安摄像头，你是一个高级知识分子，这种龌龊事你也做得出来？你这么做，我在你面前，还有什么隐私可言？还有什么独立人格？我简直就是一个赤裸裸的透明人！"

王睿见自己的作为在妻子面前暴露无遗，再怎么辩解已经没用了，只得跪着双膝匍匐向前，痛哭流涕地抱住了柯倩的双腿："我错了，我不是人！请给我一个改正的机会！倩倩，我求求你，我保证下决心改正，今后再不会干这糊涂事了！"

柯倩冷笑道："你会改正？我问你，我们结婚这些年了，我的事你什么都知道，我有没有做出过对不住你的地方？"

"没有没有，你是一个好妻子！"王睿不住地点头。

"你算说了一句实话。我再问你，你背着我安装窃听器和摄像头已经好些年了，既然没发现我有任何问题，这期间等于给了你许多改正的机会。可你改正了没有？没有哇！要不是鞋匠替我修鞋，要不是电工来家检查线路，我还会一直蒙在鼓里。说到底，我们共同生活了这么多年，你还是没能信任和尊重我，你的改正仍是心口不一，仅仅是停留在口头上的！"

王睿想说什么，自知理亏，却又无言以对。

柯倩最终还是没能原谅王睿。为了维护自己的尊严，柯倩毅然与王睿离了婚。

她是第几者 /

　　晚饭后，妻子单雅娴跟丈夫商量，说女儿班上有一个跟她很要好的女同学，是单亲家庭，性格很孤僻，女儿希望他能做她这位同学的"代理爸爸"，让这位同学也能感受到父爱的关怀。

　　施仁德说："当'代理爸爸'，好呀，可我能当好这'代理爸爸'吗？"

　　妻子道："怎么不能？你对咱家惠惠那么尽职，对别人家的孩子也不会差的。你看我给一个男孩当了一年多的'代理妈妈'，人家不是挺满意的吗？"

　　丈夫戏谑说："你就不担心我这个'代理爸爸'转正吗？"

　　妻子哈哈一笑："别耍贫嘴了，借你十个胆子也不敢，答应了就赶快去履行职责吧！"

　　施仁德走马上任担任"代理爸爸"去了。两个多月后，单雅娴"检查"丈夫的"任职"情况。丈夫汇报说，"代理爸爸"上任很见成效。首先是田恬的精神面貌大为改观，变得又开朗又活泼了。在他的帮助下，学习成绩也上去了，期中考试还考了全班第二名呢。性格也变得大胆而勇敢了，有一次训练过独木桥，在"代理爸爸"的鼓励和施惠的示范作用下，她终于战战兢兢地走过了独木桥，自信又重新回到了她的心中，田恬好开心啊。单雅娴直夸"好好好"，她又问道："那田恬对你这个'代理爸爸'的评价呢？"施仁德面露喜色地说："没得说的了，田恬直夸我是世界上最帅的爸爸！"单雅娴笑道："得意了吧？找到感觉了吧？"

单雅娴终于在家里见到了这个可爱的小女孩和来接她的妈妈，田恬左一个"施叔叔"右一个"单阿姨"地喊得亲热。

之后田恬和她的妈妈又多次到过单雅娴的家里，可每次她们母女来时她都不在家。单雅娴不禁纳闷了：是每次都那么巧合呢，还是有意避开她？是自己多疑了呢，还是仁德在耍小聪明，玩点什么猫腻？

这个星期五的下午，施惠早该放学回家了。按惯例，是丈夫去接孩子。可是已到五点半了，还不见父女俩的影。直到六点钟，才见施惠和田恬一道回家来了。

单雅娴感到奇怪："惠惠，你爸爸呢，没来接你吗？"

施惠说："来接我了呀！后来我和田恬去看海底世界，田恬说，大人票太贵了，就叫他和田阿姨在外面等。我们从海底世界另一个出口出来后，就各自乘车回来了。"

单雅娴赶紧电话通知了丈夫，说孩子已经回到了家。

等田亚男来家里把田恬接走后，单雅娴问丈夫："田亚男长得那么漂亮，挺讨人喜欢的吧？"

施仁德一愣："什么意思？"

"什么意思，你去接孩子，孩子都回来这么久了，你俩还在一起聊得难舍难分。你说会是什么意思？"

施仁德一副无辜相："雅娴，多心了吧？是孩子们让我们在外面等的嘛，哪晓得她们从另一个出口出来了，这完全是一场误会嘛！"

单雅娴冷笑道："孩子让你做啥你就做啥，你的脑子长哪里去了？但愿这只是场误会，别像你曾经说过的那样，让'代理爸爸'转了正！"

施仁德赶紧捂住了妻子的嘴："啊呀，快别那么说，那只是一句玩笑话。雅娴，我永远是你的好丈夫，惠惠的好父亲！"

单雅娴并没有消除对丈夫的疑心，她总感觉到丈夫近来的行为有些诡秘，似乎在背着她干什么。渐渐地，她已闻到了丈夫身上有了别的女人的香水味。这天她在给丈夫洗衣服时，在丈夫衣袋里发现了几根长头发，她终于忍无可忍地质问施仁德："说说，这是怎么一回事？"

丈夫见状，不由一愣，讷讷地辩解道："那不是……你的……头发吗？"

单雅娴怒目而视："我的头发？我蓄的是短发，头发有这么长吗？我的发没染色，这头发可是金黄色的！你撒谎也要撒得像嘛！我看这几根头发倒很像是某一个人的！是不是田亚男的头发不小心掉在你衣袋里去了？"

施仁德猛一惊："啊呀，话可不能这说呢！你……你……你……哎，这是哪儿跟哪儿？田亚男……田亚男和这头发没有半点关系！你怀疑谁都行，就是不能怀疑田亚男！"

单雅娴冷笑道："真是此地无银三百两！我一提'田亚男'的名字，你就情绪激动，热情奔放，你那么护着她，还不能说明问题？"

施仁德见没法把事情说清，只得以退为进地安慰道："雅娴，你放心，我会把这件事弄清楚的！"

真是一波未平，一波又起。不久单雅娴又在丈夫的衣袋里发现了一枚精致的钻戒，尽管丈夫信誓旦旦地辩解说他绝对是清白的，肯定是有人在故意陷害他，但他并不能说清楚这钻戒的来龙去脉，此时的单雅娴怎还敢相信丈夫拙劣的表白呢？一气之下，她抛下了父女俩，独自回到了父母家里。

施仁德打来几次电话，恳求她先回家来，叫她消消气，有话好好说。单雅娴可不愿听他这苍白无力的劝说了，但她对丈夫又确实放不下心。她委托了在丈夫身边工作的一位好友婧子，叫婧子时时关注着丈夫的动向，有什么异常情况及时告诉她。

这天婧子打电话来，说："你丈夫出情况了，施仁德约了田亚男到梦缘咖啡厅约会。"单雅娴一听慌了神，跟父母打了一声招呼就急匆匆地出去了。

梦缘咖啡厅一角，施仁德和田亚男对坐在一张小圆桌前，桌上插着两只象征着爱情的红玫瑰，两人聊得十分投入。亲眼目睹这匪夷所思的一幕，单雅娴不由火冒三丈。她是一个很爱面子的人，她想如果此时冲上前去当面怒斥他们一顿，虽然很解气，但她与丈夫就会撕破了脸面，婚姻也就没有了挽回的余地。如果不去当面揭穿他们，任由他们发展下去，就等于把自己的丈夫拱手让给了别人。她该怎么办？她内心十分矛盾。经过激烈的思想斗争，爱的排他性终于促使她做出了非理性的选择，她怒气冲冲地出现在了他们的面前。

当然免不了一阵疾风骤雨般的指责和痛骂。田亚男见势不妙，不敢招架，落荒而逃。施仁德笑脸相陪，百般辩解，态度诚恳。

单雅娴哪管这些，仍当着前来看热闹的男男女女的面，毫不顾及脸面地骂了下去。什么"代理爸爸"是假，"代理丈夫"才是真，现在

"代理丈夫"还想转正。什么话难听她就拣什么话骂。

施仁德开始时还赔着小心劝劝，后来终于忍无可忍地做出了回应："雅娴，真的是你错了，你完完全全地误会了我和田亚男！你也曲解了我的一片好心！"

单雅娴反唇相讥："我错了？我错什么了？我错就错在不该来打搅了你们的好事！"

施仁德重重地叹了一口气："唉，你冷静一点好不好？坐下来消消气吧，等一会你就会明白了！"

施仁德就此闭口不再理会，单雅娴骂着骂着也觉得无趣。两人就这么静默地坐着。一会，一位中年男子捧着一大束鲜花来到他俩跟前，礼貌地指着单雅娴冲施仁德问："仁德兄，这位就是田女士吧？"施仁德说："不，她是我的妻子。"

施仁德此时像找到了倾诉对象似的，毫不客气地当着妻子的面，把刚才发生的事对这位中年男子说了。

中年男子听后大声咋呼了起来："哎呀，嫂子，你错怪仁德兄了，田亚男是仁德兄给我介绍的对象，他约了我们俩今天在这里见面的！都怪我，堵车来迟了，让你们闹了这么大的误会，千错万错是我的错，我向你们赔罪！"

田亚男真是丈夫向这位老兄介绍的对象？那么说真是我错怪他们了？她再三地盘问中年男子，证实确实是这么一回事。单雅娴弄不明白了：这是一件好事嘛，丈夫为什么要背着我去做呢？

回到家里后，她立即向丈夫赔礼道歉，认错认罚，并询问丈夫这样的事为什么不让她出面去做。

施仁德说："事情远不是我们想象得那么简单。我身上的香水、长发和钻戒等，其实都是小田恬所为。钻戒只是一枚仿真饰品。你知道吗，田恬羡慕我家惠惠日子过得幸福，她人小鬼大，就想抢走我这个爸爸。于是，她就有意识地制造了一系列矛盾，好让我们夫妻之间产生误会，并有意为我与田亚男制造多接触的机会。田亚男看出了些苗头，觉得情况有些不对劲，后来从女儿的日记中发现了这个秘密，赶紧告诉了我。我们这才意识到，田恬已经出现了严重的心理障碍。于是，我一面急着给田恬找心理医生进行疏导，一面劝说田亚男不妨再婚，让田恬有一个完整的家。而田亚男呢，是一朝被蛇咬，十年怕井绳。她的丈夫对她不忠离婚后，她就认为天下的男人没有一个是好的，拒绝任何人向她谈感情的事。我好不容易做通了她的工作，她才勉强同意给田恬找一个父亲，也同意了与我给她物色的第一个男友见面。可刚才却……"

真是错怪了田亚男，原来田亚男不是第三者！想不到欲夺走丈夫预谋的总导演，竟是才满八岁的小田恬！渴望得到父爱，田恬是一个多么可怜而又需要帮助的孩子！为了表示改正错误的诚意，单雅娴表示，余下的事，咱们共同来做吧，让田亚男重新获得幸福，让小田恬也有一个完整的家庭！

送一个孝心给父母

　　眼看父母的红宝石婚纪念日就要到了，作为大女儿的龙振锦想送给父母一份厚重的礼物。送什么好呢？父母几十年来生活节俭朴素已成习惯，送贵重的东西他们不仅不会接收，还会借此严肃地教训一通。那么就送实惠的礼物吧。她征求父母的意见，准备分别为他们二老量身定做一件质量非常好的羽绒服。

　　母亲问要多少钱一件，女儿说不贵不贵，用最好的细绒充装才580元一件。母亲吐了吐舌头：“我的天，580元一件还不贵呀？”女儿说：“那就做最便宜的280元一件的吧。”母亲表示还是太贵了：“你看我今年买的一件羽绒服，才花了50元呢。”“50元？在哪里买的？”女儿不相信会有这么便宜的羽绒服。妈说：“青年路买的呀。”女儿笑了：“恐怕是地摊货吧？”母亲反驳道：“我是夏天去买的，不在季节上，商家大减价，当然便宜了。你们年轻人就是不会过日子，不知道反季节去淘又便宜又好的东西。"女儿没话说了。

龙振锦就张罗着去大酒店为父母订几桌海鲜酒席。父亲知道后问她，多少钱一桌？女儿答，1680元。父亲当下就不同意："不行，这么贵！"女儿解释道："咱们又不是经常下馆子，就是图个新鲜和喜庆嘛。再说，你和妈辛苦了大半辈子，结婚40周年庆典，享受享受也是应该的嘛！"父亲可不同意这种做派："未必大把花钱才叫享受呀？振锦，你太年轻不晓事，真正的快乐你还没体会到呢！"

吃不行，穿不行，到底给父母送什么礼物好呢？龙振锦思来想去，真没辙了。

这几天，母亲整天乐滋滋的，像小孩子企盼着过年似的。女儿问她怎么啦？母亲说，她在盼一个快要到来的同学会，50年来没见到的同学将会聚集在一起，有多少知心话要互相聊聊呀，怎会不激动高兴？

可母亲参加同学会回来后，情绪却有些低落。她悄悄地对老伴说，同学一见面，有的说去过新马泰，有的说去过欧洲，还有的说去过美国，可她连国门都没跨出过一步，这辈子算是白活了。老伴安慰她，人生在世，各有各的活法嘛。我们虽然哪里都没去过，在山区小学教书育人几十年，可过得十分充实和自信，不照样是潇洒快活吗？母亲只得无奈地叹了口气。

他们的谈话无意间被女儿听见了，龙振锦心里顿时就有了一个送一份别致的礼物给父母的主意。

几天后，龙振锦将一份去欧洲14国旅游的合同交给了父母。母亲面露喜色，父亲却问："欧洲游，那可是一笔不小的花销啊？"

龙振锦微微一笑，轻松作答："没花一分钱，是我运气好，在一家大型商场购物中得了大奖，奖品就是去欧洲14国二人游。你们二老不是很想到国外去看一看吗？这次的欧洲14国游，要去巴黎、罗马、维也纳，这是你们做梦都想去的地方，现在终于可以圆你们这个美梦了。"

父母都摇摇头："购物中奖，不相信会有这等好事。"

女儿信誓旦旦地表示："这么大的事我怎会骗你们呢，难道你们还不相信自己的女儿是一个十分诚实的人？"

父亲不无担心地说："振锦，不是我们不相信你，而是担心你被别人蒙骗。你想想看，世界上哪会有天上掉馅饼的好事？要是你被别人骗了，我们老两口稀里糊涂地到了国外，又被层层追加各种费用，而我们身上带的钱又不够，最后被别人抛在了国外，那可怎么办？"

女儿说："你们就一百个放心地去吧，这么有信誉的大商家，绝对不会骗人的。"

联想到以前他们听信虚假宣传，购买陵墓被骗去了几万元，父母还是担心振锦被蒙骗，他俩就挨个地给振绣、振中、振华三姐弟打去电话询问，又叫他们到商场和旅行社去查实，结果都回答说千真万确，确有其事。这下父母才把心放到了肚子里。能到欧洲14国去旅游观光，自己又用不着花一分钱，父母都高兴地准备出行。

临到出发去机场飞往北京的那一天，本来应由龙振锦亲自护送，可她突然接到一个紧急电话，叫她赶快回公司处理一件重要的事。此时丈夫出差在外，叫弟妹赶来送一程也已经来不及了，她只能抱歉地由父母随同旅游团一道出发了。

父母出国旅游后，龙振锦在家里却是成天惴惴不安。为啥呢？她深知父母一辈子辛苦，却又舍不得花钱享受的生活理念和习性，为了让父母能心安理得地享受一下生活，她其实是伙同旅行社的工作人员以及几兄妹，由她出资，共同编造了这么一个善意的谎言。

她倒是送了一个孝心给父母，但她担心的是，父母旅游回来后，要是知道是她花了3万元之巨让他们去潇洒的实情，不知会有多心疼，又会怎样的把她骂得个狗血淋头。孝顺，孝顺，首先就是要顺，要听父母的话；孝而不顺，还谈得上什么孝顺？

半个多月后，旅行社通知龙振锦，说欧洲14国旅游团返回了，叫她去接站。龙振锦把父母接回家里，小心翼翼地问："玩高兴了吧？"

父母都乐呵呵地说："玩得真开心，从来没这么开心过！"

龙振锦的心这才放下了一半。

父亲说："振锦，你猜猜看，我给你带回什么礼物来了？"

女儿用心地猜了几样，都没猜中，父亲这才从旅行包里取出了一面鲜艳的锦旗，上面绣着八个金黄色的大字："支教模范扶贫先锋"。

龙振锦一看，如坠云里雾里："支教、扶贫？这……这究竟是怎么一回事？难道你们没去欧洲旅游？"

父亲诡秘地笑笑说："你看看我们摄像机里的资料就明白了。"

龙振锦将摄像机接到了电视上，电视画面出现，只见父母行进在山区的崎岖小路上，走进了一家家破旧的小屋。随着摄像镜头进屋一看，山里农牧家庭的贫困程度真是令人咋舌。

有的家，除了屋子中间一口吊着的铁锅外，再没任何值钱的东西。还有的家是安在透风的山洞里。

父母走村串户，不忘自己曾经身为教师的使命，动员家长们将辍学在家的子女送回学校读书，并把一笔笔助学款递到了孩子们的手中。

没等龙振锦发问，父亲就把他们此次真正去的地方说了。是的，他们没去欧洲旅游，而是去到了偏僻落后的阿坝州，用旅游费用的3万元钱，资助了30名失学儿童。

龙振锦不理解了："你们怎么知道旅游的这3万元钱是我出的？又怎么能够把办了手续的钱给退回来？"

母亲一旁嘿嘿嘿笑了起来："嗨，你爸是什么人，什么事办不到呀？

你知道吧，那个旅行社的负责人，就是你爸过去的学生，他能不听你爸的？还有，我们临出发时你接到的那个电话，也是你爸安排的呀！"

　　龙振锦不仅没挨批评，父母还一个劲地夸她："这个孝心送得好呀！"

真戏假唱

　　苗苗终于如愿以偿，考取了省艺术学校。

　　刘倩苗自小就有舞蹈天赋，2岁时就能随着音乐的节奏跳出即兴自编的舞蹈来。进幼儿园后，她的舞蹈天赋得到了很好的发挥，已显现出小童星的雏形，4岁时就被推选进入县代表团，到市里去参加全市的幼儿才艺比赛，还获得了大奖。

　　苗苗的父母也因势利导，着意培养她这方面的特长，花钱把她送进了县业余艺校进行培养，并对她寄予厚望，希望她能成长为像杨丽萍那样的舞蹈艺术家。

　　功夫不负有心人，苗苗小学毕业时，终于以优异的成绩考取了她梦寐以求的省艺术学校。

　　眼看省艺术学校报名在即，爸爸又不在家，就只有妈妈送她到省城去报到了。

这天，苗苗对妈妈要求说："妈妈，我很希望爸爸能回来送我去省城！"

妈妈问："为啥呢，我送你不好吗？"

苗苗说："好久都没见到爸爸了，我心里可想死他了，我想借此机会让他回来一趟。再说，爸爸最大的愿望就是希望我能考上省艺术学校，如今愿望实现了，他能亲自送我到省艺校报到，不知会有多高兴呢！"

妈妈听她说得在理，立刻答应了她："好，我动员你爸爸回来送你一趟。"

苗苗担心地问："爸爸那么忙，连中秋和春节都没能回家，这次他能回来吗？"

妈妈说："试试吧，他那么爱你，我想他这次可能会满足你这个愿望的。"

苗苗的爸爸刘世全是公司里负责销售的经理，长住在广州的办事处，因工作忙，已经一年多没回家了。

苗苗听妈妈说同意动员爸爸回来送她，急着催促妈妈："好呀，你赶紧给爸爸打电话呀！"

妈妈说："你爸太忙了，长年在外跑，手机又不开，我打过电话，打不通，我到他们公司去一下，让他们设法跟你爸联系联系。"

第二天，妈妈告诉苗苗，爸爸同意回来送苗苗去省城一趟，不过他确实太忙了，要等到苗苗出发的那一天他才能回来。又能见到日思夜想的爸爸了，苗苗非常高兴。

9月1日，苗苗要出发了，左等右等爸爸都不回来，苗苗着急了，妈妈忙安慰她："你爸爸是一个说话办事都很守信用的人，他说了要回来就一定会回来的！"

又等了许久，仍不见爸爸回来。母女俩焦急万分，只得打的到了火车站。

此时检票进站的时刻已到，妈妈匆匆地送苗苗上了火车。事已至此，看来爸爸确实是抽不了身，只得改由当妈的去送苗苗了，妈妈失望地摇了摇头，重重地叹了一口气。见不到心爱的爸爸，苗苗噘着嘴满脸的不高兴。

就在火车即将启动的那一刻，爸爸终于气喘吁吁地赶来了，母女俩这才转悲为喜，长长地舒了一口气。

一路上，爸爸不断地做着检讨，直向苗苗赔不是。

都一年多没见爸爸了，女儿有好多好多心里话要向爸爸说啊，跟爸爸亲热还来不及，怎么会怪罪爸爸呢？

爸爸明显地瘦了，憔悴了，苗苗看在眼里，疼在心里："爸爸，你一人在外，事事都要自己操心，工作再忙再累，也要照顾好自己的身体啊！你是我们家的顶梁柱，可不能倒下啊！"

爸爸嗯嗯地直点头，为有这么一个懂事的女儿而感到欣慰。

火车到达省城，已是傍晚了。只能在宾馆住上一夜，明天才能去学校报到了。

父女俩吃完晚饭，在一起亲热地拉着家常。忽然传来了轻轻地敲门声，爸爸开门一看，见是三个陌生的年轻人，他不由一愣，感到十分诧异，心里直嘀咕：你们是什么人啊，找上门来干什么呀？

对方机警地眨着眼示意，很有礼貌地与他打起了招呼："呵，对不起，刘经理，业务上有一件十万火急的事，我们正等着你，一起研究解决的办法呢。走，跟我们一起出去！"

刘世全眉头一皱，立即明白了是怎么一回事，忙点头同意："好吧，我跟你们去一趟！"

他回过头来嘱咐女儿："苗苗，你放心，我明天一定会准时送你去学校报名！"

苗苗依恋地目送着爸爸，放心地看着爸爸跟着三个年轻人一路有说有笑地走了。

晚上，苗苗住的客房里进来了一位阿姨，她告诉苗苗："你爸爸因业务上的事太急太重要了，又急着赶回了广州。我是你爸爸的朋友，受你爸爸的委托，明天送你到学校去报到，今晚我就在宾馆陪你。"

爸爸工作太忙太累，苗苗完全相信，她很理解和尊重自己的父亲，也能理解他的做法。

第二天，苗苗在阿姨的护送下，顺利地到省艺术学校报了名，阿姨放心地离去，苗苗高高兴兴地在优美的新环境里开始了新的学习。

刘世全随着三个年轻人走出了苗苗的视线后，立即被戴上了一副冰冷的手铐。刘世全被拘捕，这是怎么一回事？

原来，刘世全是一名网上通缉在逃的贪污嫌犯，通缉令发出一年多了，警方都没能抓住他。

妻子在他与家里电话秘密联系时，多次动员他到公安机关投案自首。刘世全却抱着侥幸的心理，错误地认为逃得过一天是一天，时间久了就会没事。此次要不是爱女心切，妻子又殷殷恳求，他说什么也不会回来冒这个险的。

警车上，刘世全两眼噙泪，咚的一声跪在了几名警察的面前："谢谢你们，警察同志，是你们维护了我做父亲的尊严，保护了孩子幼小的心灵！我回去后一定服法认罪，老实交代，接受改造，重新做人！争取做个好父亲！"

几位警察赶紧将他扶起："不，不要谢我们，人道拘捕，这是我们应当履行的职责。你应该感谢你的妻子，是她请求我们这么做的！也请你放心，你的女儿的入学报到，我们已派了一位女民警去帮她办理。"

刘世全听到女儿有人护送，悬着的一颗心彻底放下了，对警察更是感激不尽。

爱情回锅味也甜

漆琴在外打工，与一个男孩子鲁明同租一套房。同一屋檐下，不久，他们就相恋了，爱得死去活来。漆琴在一家电子厂工作，做的是计件，每天早出晚归。鲁明在一个小区当保安，不值班时就待在家里，把屋子收拾得整整洁洁。漆琴没时间做饭，两人经常吃的是方便面或盒饭。漆琴吃腻了，就希望鲁明能自己做做饭，她特别想吃一道满口喷香的回锅肉。鲁明说，吃腻了咱们就去下馆子，馆子里的味道可好了。漆琴不同意："以我们的收入，一月能下几回馆子？过日子还是要讲细水长流。"鲁明苦着脸回答："琴呢，你叫我干什么都行，就是不能叫我做饭。我在家里就最怵做饭了，我除了烧得来开水就什么都不会做。"漆琴噘着嘴："不会你就不能学学？不会做饭以后怎么过日子？"漆琴经常为这事唠叨，可鲁明是死猪不怕开水烫，照旧是以盒饭方便面打发日子。

这天，漆琴上班时吩咐鲁明道："你今天把晚饭做做吧，多做几个菜，我的一位女友要来，我在她面前夸了海口，说你很能干，特别会做菜，她专门点了要吃你炒的回锅肉呢。我可是给你挣足了面子的。"鲁明冷不丁地被女友将了一军，顿时一愣，稍迟疑了一下，仍是满面笑容地应承："行行行！"

晚上，漆琴领着女友杨惠夹家里了，果见鲁明摆上了一桌丰盛的酒菜，惊得漆琴合不拢嘴。心想，是他有手艺不肯轻易显露，还是把笨牛赶着上了架？杨惠边吃边夸鲁明的厨艺好，炒的菜的味道能与餐馆里的厨师比。夸得鲁明和漆琴心里乐滋滋的。

客人走后，漆琴在洗涮餐具时，发现厨房角落里堆了一大堆塑料食品盒，立刻明白了是怎么一回事。她质问鲁明："为啥要这样？"鲁明尴尬地笑笑："嗨，我有啥法，关了不丢面子，只得到餐馆里买了！"漆琴冷冷地问："花了多少钱？""就500来元。""就500来元？你说得倒轻松，500块能做多少事呀！鲁明，别说咱们经济上不允许，你就是一个腰缠万贯的富翁，也不该这么大手大脚地花钱呀！"说着，一赌气就冲进了卧室，咚的一声把门关了，任鲁明怎样叫也不开门。

第二天鲁明下班回到家里，不见了漆琴，却见桌上放着一封信，是漆琴留给他的：明，我觉得你不是一块过日子的料，只得理智地选择了离开。这道理我不知跟你讲了多少遍：爱情不是一时的轰轰烈烈，爱要爱得实实在在，要落实到日常的锅碗瓢盆上。我不希望你能给我大富大贵，但给我一份你亲自炒的回锅肉总是可以的吧？其实，我要吃你炒的回锅肉只是一个借口，我要的是你学会过日子。你要明白，一个家庭，要面临的困难多得很，吃方便面的日子岂能长久下去……鲁明读到这封信，不由后悔万分，他万没想到，由于不会做饭和炒菜，他失去了一个多好的恋人。

　　漆琴是在女友杨惠的动员下到沿海城市去打工的。在杨惠的引荐下，她到了一家服装厂担任会计，用上了她读职中时所学的专业。由于她工作谨慎，深得老板的赏识，经济情况也大有改善。

　　身在异乡，闲下来的时候，漆琴不免怀念起鲁明来了。平心而论，鲁明还是有许多优点的，除了不会做饭外，其他还真挑不出什么毛病。她自责自己行事欠考虑，因为要奔前程，就借题发挥冲动地离开了鲁明。现在不知道鲁明有多怨恨自己。来到这里，她也时不时地到川菜馆吃吃家乡菜改善一下伙食，可总觉得那味道不地道，回锅肉变了味，鱼香肉丝也无鱼香。这天，是中国的情人节的农历七月初七，她打电话约杨惠晚上聚一聚。杨惠说她要和男友一起过七夕，同时提醒她，可到蜀香楼川菜馆去试试那里的家乡菜的味道。

　　漆琴只得一人来到了蜀香楼。她先点了一份回锅肉，咦，味道还真不错！她品出来了，肉料是上等的二刀坐墩，豆瓣是地道的郫县豆瓣，蒜苗也是那种细根的香蒜，吃到嘴里从口鼻直香到肠胃，真是爽极了。她又点了一份鱼香肉丝，味道也很好，就像妈妈炒的一样。在异乡能吃到正宗的川菜，她很想见见这位技艺高超的厨师，说不定就是一个真正的四川人，也好怀怀旧叙叙乡情。服务员将她的要求转达给了厨师，厨师搓着双手来到了她的跟前："有什么不满意的地方请尽量提！"四目相对，她猛然一惊：这不是她日思夜想的鲁明吗？他怎么来到了这里？鲁明也感到意外，想不到他在七夕之夜接待的一位客人竟是自己过去的恋人！他赶紧向老板请了一会假和漆琴一道回到了她的住地。

　　互诉了一阵相思苦后，漆琴问鲁明："那菜真是你炒的？"鲁明得意地回答："这还有假？我已是蜀香楼的当家厨师！""你不是说你一听做饭就发怵吗？现在怎么历练出这么好的手艺了？"鲁明搔搔头皮："哎，士别三日，当刮目相看嘛，这还不是爱情的力量！"他说，漆琴的突然离去，对他的震动很大，他认为漆琴指责得很有道理，于是就下决心要好好学习厨艺。他先到厨师培训班去认真学习了三个月，又买回一大摞菜谱书刻苦钻研，才有了现在这般手艺。漆琴又问："你怎么会选择到东莞来当厨师？"鲁明不好意思地笑了："嘿嘿，嘿嘿，是杨惠把你的地址告诉了我，我不来这里找你，我学的厨艺还有啥意思？"

异乡的七夕，漆琴吃到了她平生最为舒心的爱情回锅肉。

调律师

门铃响了，刘英开门一看，一个亭亭玉立的姑娘站在门前。未及刘英开口，姑娘就主动发问："这是刘老师家吧？"

刘英答道："是的，我就是刘英。你是？"

姑娘自我介绍说："哦，我叫屈丽明，是亚洲琴行派来的调律师。"

"你是……调律师？这么年轻？"没有金刚钻也敢揽瓷器活？刘英不敢相信自己的眼睛。

"是呀，我就是调律师呀！不管是年轻的，还是年长的，只要能调好琴，就是好调律师。年龄不是问题，关键是看你有没有技艺，刘老师，你说是不是？"姑娘像抓住了刘英心理似的，款款地向主人自我推销开了。

刘英被姑娘的乐观和幽默逗乐了："是是是，你说得对。姑娘，啊，屈调律师，请进吧！"

刘英一想起昨天来的那一位调律师就生气，琴行居然派来了一名盲人来调琴。开什么玩笑，钢琴的构造这么复杂，大大小小有8000多个零件，犹如一台庞大精密的机器，明眼人要调试好都非常困难，一个两眼一抹黑的盲人怎能调好琴？刘英很不礼貌地拒绝了昨天那位盲人。

瞅着姑娘这么年轻，刘英仍有几分担心："小屈师傅，我这琴，已经好几位调律师调过，都调得不令人满意。你……能行吗？"

姑娘一脸诚恳："刘老师，是骡子是马，总得拉出来遛遛才行。你得给我一个机会。我调试好了，你有什么意见，尽管提！若是调得不令你满意，我一分钱都不收你的！"

看来只能死马当作活马医了，刘英冲姑娘点了点头。

姑娘这才打开了钢琴顶盖，取下前面板，熟练地将两只手伸了进去，摸索了一会，侧过头来冲刘英说道："刘老师，恕我直言，你这钢琴很久都没弹了吧？"

刘英有些吃惊："哟，神了，确实是三年多没人摸过它了，你是怎么知道的？"

姑娘没有正面回答她的问题："琴还是要经常弹才好，三天不练手生嘛。"

是的，这架钢琴已经三年多没人弹过它了。钢琴是当音乐教授的丈夫置办的，丈夫生前视若珍宝，是丈夫的第二生命。在父亲的影响和培养下，女儿也弹得一手好钢琴，小学四年级时就获得过全市钢琴比赛少儿组的第一名。丈夫身患癌症去世后，睹物思人，这钢琴就具有了一种特殊的纪念意义。父亲去世后，女儿也像一下就长大了似的，更加发奋苦练，弹琴水平有了很大的提高。谁知在女儿小学快要毕业的时候，却突遭车祸，命虽保住了，却永远失去了双腿。女儿坐在轮椅上后，却再也打不起精神来学琴。

　　后来，刘英请来了女儿的老师，要好的同学，以及丈夫生前的好友来开导和鼓励女儿，叶百灵当面答应得很好，可是都维持不了几天，仍然是唉声叹气，看不到一点光明的前景。这一次，是一位著名的心理学专家的循循善诱，好不容易才打开了女儿心中的死结，女儿终于答应重新找回自我，再树圆艺术之梦的信心。但愿女儿的心境从此后能一直沐浴在明媚的阳光里。

　　只见小屈姑娘俯身在琴架上，一会摸摸那，一会碰碰这，不时取过特制的扳手，谨慎地拧动着螺丝，调试着每一根琴弦，犹如护理一个刚出生不久的婴儿，每一个动作都是那么小心细致。一会又眯缝着眼，敲击着琴键，与振动的校音棒发出的音响互相比照，凝神屏气聆听和辨别着每一根弦的音准。在整个调试过程中，姑娘的一招一式都是那么和谐有序，不像是在调钢琴，倒是在弹钢琴，整个身心都沉浸在调律工作上了，琴房里听不见一丝杂乱的声音。过了许久许久，姑娘这才直起身来，拍了拍双手，擦了擦额上沁出的细密汗粒，对刘英说："刘老师，已经调试完毕，你试试吧！"

　　刘英疑惑地看了姑娘一眼，犹豫了一下，还是坐在了钢琴前，两只手猛一弹下去。顿时，一段飞越激昂的钢琴曲就从她手中流泻了出来，音色清亮、纯净，犹如一股清澈的山泉。刘英兴奋地朝着卧室喊："百灵，快来快来，钢琴调好了，你来试试！"

　　卧室里传来了女儿懒懒地回答声："我不试了，妈说行就行。"

　　刘英没理会女儿不冷不热的态度，回过头来称赞姑娘："小屈师傅，看不出你小小年纪，琴就调得这么好，是在哪个学校学的呀？"

　　姑娘嫣然一笑："我是在盲校学的。"

　　刘英说："盲校学的？你开玩笑吧？难道你是个盲人？"

　　姑娘点了点头："对，我就是盲人。从外表看，我的眼睛晶亮，眼窝也不下陷，跟正常人没什么两样，其实我什么也看不见！"

刘英却是怎么也不相信："不可能不可能，你的动作那么娴熟自如，钢琴调得那么好，怎么可能是盲人呢？"

姑娘只得从她随身带夹的工具包里掏出了一本"残疾人证"，上面明确无误地填着"全盲"二字。刘英不由发出了感叹："一个什么也看不见的人调出的琴比明眼人还好，真不可思议！"想到昨天她拒绝一位盲人为她调律的一幕，她的脸颊不由红到了耳根。

姑娘见刘英还存有疑虑，进而向女主人做出了解释："其实我们盲人调律不是用眼，而是用手，用耳，更是用心！我是把钢琴上的每一个零件、每一个部位都摸上了成千上万遍，它们的形状和位置早已烂熟于心。我的手触摸到钢琴的时候，就如同触摸到自己的身体，钢琴上每一个零件有些什么细微的变化，自然是逃不出我灵敏的手和心了！"

刘英不由对小屈姑娘连连点头称许。

小屈姑娘继续说道："我们盲人，虽然眼睛看不见，但什么事都是用心去感悟，世界上就没有什么做不成的事！你如果不相信，我还可以当面做个试验给你看看！"

应小屈姑娘的要求，刘英为她找来了一根绣花针和一根丝线。只见她将小小的绣花针捏在左手，反复摩挲和比试了一阵，然后右手将丝线往左手指尖上一穿，只这么一下，丝线就准确无误地穿进了针孔里。做这种穿针引线的细致活，视力正常的刘英尚不能一下子成功，何况什么也看不见的屈丽明哩。刘英被她的这一手绝活惊得"啊"地一下张大了嘴，不由啧啧称奇。

刘英说："小屈师傅，真难为了你，竟苦练出了这么高超的技艺，我算是服了！但我还是有个问题弄不明白，你是个盲人，又没见人护送你，你是怎么找到雇主家去的？"

　　小屈姑娘笑了："去雇主家，还不是小菜一碟？我们盲人，只是眼睛看不见，其他器官却特别好使。无论走在什么地方，脚下都是有数的，耳朵又特别灵，嘴也问得勤，心里还转动着一座永不停息的时钟。把以上各方面的信息一综合，我就能准确地判断我在什么位置……啊，刘老师，时候不早了，已经5点45分了，不能再耽误你了——我该走了。"刘英又是一惊，抬腕一看，可不是：一分不差，正好是5点45分！一个本应是举步维艰的盲人，对生活却是这般的热爱，对她所从事的事业已经熟稔到了出神入化的地步，刘英的心灵不由受到了强烈的震撼！

　　此时，女儿突然转动着轮椅，快速地来到了琴房，两眼噙着晶莹的泪花，激动地拉着刘英的手，语无伦次地说："妈妈，我……我……我……哎，我心头跳得好厉害呀！我心头像涌动着一江春水……我……我怎么说呢？你们的对话我都听见了，我一定要好好练琴，用心去感悟音乐，感悟人生！"

　　刘英见女儿的态度突然来了一个一百八十度的大转变，十分高兴："好好好，我一定给你请一位最好的钢琴老师！"

　　女儿却说："妈妈，不必了，这位盲人姐姐就是我最好的老师！是她调准了我的心律！"

吊唁活人

　　夏天的一个夜晚，一个不幸的消息在祥瑞小区不胫而走：小区住户刘龙彪突然去世了。

　　祥瑞小区是一个安居工程，是专为城市旧房改造的拆迁户而修建的。这些来自小巷深处各宅院的居民，虽说住进了自成一体的单元楼，但仍然怀念过去那种住在大杂院里的亲密和谐的邻里关系，因此都有意识地把互相串门拉家常、一人有事大家帮的好习俗带到小区里来了。

　　居民们一听说刘龙彪去世，都纷纷涌向小区管委会，商量着如何给死者办后事。

　　众人拾柴火焰高，有钱的出钱，有力的出力，很快，一个既文明节俭，又热闹庄重的治丧方案就已敲定。

　　上午9时，刘龙彪的爱人陈瑞芬一听到门铃声响，就去拉开了门，见一群人抬着花圈肃穆地伫立在门口，她感到十分不解和吃惊："你们——这是？"

管委会康主任代表大家把来意说明："陈端芬同志，请您务必节哀。我们对刘龙彪的不幸逝世感到无比的痛惜……"

"什么什么？刘龙彪死了？谁说的？"陈端芬不由惊愕地瞪大了眼睛。

"陈大姐，刘大哥也是我们小区大家庭中的一员嘛，你家的事也就是我们大家的事。这种事不发生都发生了，我们大家伙理应来帮帮忙，你不要有什么顾虑！"人群中一位热心人开导起陈瑞芬来了。

"胡扯！我家龙彪活得好好的，他什么时候死了？你们咋能够这样咒人？"陈端芬怒视着人群。

怪了，刘龙彪没死，咋又会传出他去世的消息？众人感到不解，不知道该信谁的。

康主任觉得这事来得蹊跷，她看看陈瑞芬一脸怒容，也不像装出来的。为慎重起见，她赶紧叫退了众人，只挑了两个代表，进到了陈瑞芬的家里，准备把事情弄个明白。

陈端芬怒气冲冲地质问："呃，康主任，我家龙彪脾气是暴躁，又爱讲点歪理，平时得罪过不少人。可是，他再有不是，大家伙批评他就是了，咋能这样狠毒阴损，咒他死了呢？"

康主任急忙解释："陈大姐，话可不能这样说，我们大伙到你家来，确实是出于一片好心。这里面可能有一些误会。嗯，你家龙彪呢？他到哪里去了？赶快与他联系联系！"

陈瑞芬这才想到，只要找到龙彪就是最好的证明："他天不见亮就出车去了，莫非……莫非他在外出事了？"陈瑞芬随即拨打丈夫的手机，手机通了，可没人接。这可不是个好兆头，陈端芬这下也慌了神。

陈瑞芬仍觉得不对劲："康主任，你们是什么时候听到这个消息的？"

康主任答道："昨天晚上呀！"

陈瑞芬发现了问题："这就不对了，昨天晚上龙彪待在家里好好的呀！今天早上他是活蹦乱跳去出的车，龙彪没事，肯定没事！一定是有人憎恨他，捏造假消息，诅咒他快死！康主任，是哪个缺德鬼告诉你这个消息的？"

"你家的邻居文仕博呀，这可是个令人尊敬的文化人，他怎么会说谎呢？他说这事时心情是很沉重的，而且还动了感情，他说我们大家都应该去送小刘一程。"康主任觉得问题不会出在文老先生身上。

陈瑞芬可不这么认为："是他，我知道，他和我家龙彪有很深的矛盾，他想咒死我家龙彪很有这个可能。可我没有想到，这么一个知书识礼的人，怎么能搞这种恶作剧，干这么阴损缺德的事？"接着，陈瑞芬历数了文仕博对他家龙彪的种种不满。

她说："我家龙彪休息时就爱在小区里遛遛狗，这么好的环境，宠物也该和人一起来享受呀！可文仕博却要出面制止，说什么非典时期，大家都应注意环境卫生。咱家龙彪哪听得进他这一套说教，就针锋相对地和他吵了起来。他当然怀恨在心。"

她接着说道，"龙彪在家里就爱来个劲歌劲舞，就是看电视也要把音量开得大大的才觉得过瘾。文老先生真是咸吃萝卜淡操心，有时还要敲门来干涉，说这是噪声污染，要影响左邻右舍的休息。

"我家龙彪就偏不认这个理，他横眉怒目地冲文仕博做怪相，不仅不有所收敛，反而把音响开得更响，跳得更来劲，气得文仕博见了我家龙彪也像不认识似的。"

陈瑞芬还听别人说，文仕博还把她家龙彪和山上的老虎、水潭中的蛟龙合称为三害，说龙彪就是当代的周处，搅得小区的居民不得安宁。

"文仕博恨不得把龙彪这个害除了，这是显而易见的。但你文老先生对我家龙彪再有意见，也不能出这个损招，发动小区的居民来为他这个大活人送终呀！"陈瑞芬说。

果真，一个多小时后，刘龙彪的电话就打回来了，证实了陈瑞芬所言不虚。康主任知道这事闹大了，她也生气了："陈大姐，这事太不像话了，等我调查清楚后，一定会给你个说法！"

傍晚时分，康主任领着文仕博登门赔礼道歉来了。此时刘龙彪已收车在家，面露尴尬；陈瑞芬阴沉着脸，一语不发。双方沉默了一小会，康主任先来了个开场白："刘大哥，陈大姐，这事纯粹是一场误会。文老师是听你家的朋友王富根说的，但到现在为止，我们还没找到王富根来对证。我们担心时间拖久了，你们会更加伤心，所以就先来向你们赔个礼。希望你们能够谅解，文老师确实是出于一片好心。"

文仕博接过话头表示歉意："龙彪兄弟，事情的经过是这样的，昨晚我在外面亭子里歇凉时，王富根告诉我，说你遇车祸惨遭不幸。我听后感到意外，心下也想不可能，但考虑到王富根是你的朋友，又联想到我7点多从你家门口经过时，从你家传出了很大的哀乐声，当然就信以为真了。

"龙彪兄弟，咱们打开窗子说亮话，咱俩虽说平时有些意见不合，但一听到这个不幸的消息，心中就啥疙瘩也没有了，总是想到死者为尊嘛，况且你这个人主流还是好的，是值得大家念想的，所以就决定要好好送你一程，以表示心中的怀念和歉意……

"这个不实的消息虽说是王富根告诉我的，但不管怎么说，我没有做进一步的调查核实就感情用事，给你们带来这么大的伤害，这都是我的错。在这里，我真诚地向你们赔不是，也愿意承担由此给你们带来的精神损失！"说着，文仕博立起身来，毕恭毕敬地向刘龙彪夫妇鞠了一躬。

康主任密切地注视着事态的发展，考虑着如果刘龙彪夫妻俩大发雷霆时该如何平息这场纠纷。谁知刘龙彪低垂着头，两眼噙泪，大步向前扶住了文仕博，心情沉重地说：'文老师，康主任，没想到你们心中还有我刘龙彪，真的太意外了，太让我感动了！这件事你们做得对！你们做得多体面，多有度量！该道歉的，该悔恨自新的，是我刘龙彪，是我对不住你们！"

见刘龙彪说出这等话来，文仕博和康主任如坠五里雾中，连妻子陈瑞芬也弄不明白究竟是怎么一回事。

刘龙彪沉痛地解释说，他昨晚看新闻联播时，头条新闻就是在八宝山革命公墓举行了国家某重要领导人的遗体告别仪式，电视里传来了阵阵哀乐声。此时妻子提醒他，还是把电视音量关小声点吧，不然人家听到家中传出的哀乐声还会以为……

就是妻子的这句话给了他灵感。他想，我在小区里群众关系不好，如果我死了，恐怕连臭狗屎都不如，谁也不会来送我，冷冷清清一个人上路，那多悲哀啊！是不是真的如此？于是他眉头一皱，一个鬼点子就冒了出来：自己不妨"死"一次来试试。这"噩耗"由谁传出去最合适呢？思来想去，他选定他的朋友王富根，消息由他口中传出不由得人不信。他还特别关照王富根，他与文仕博是生冤家死对头，首先把这个消息传给他，看看他有什么反应。

谁知文仕博听到这个不幸的消息后，竟不计前嫌，还说他刘龙彪虽然脾气不好，但本质是好的，生时没与他好好沟通，他走了一定要好好送他一程。

他的"死"竟激起了小区居民这么大的同情心，人们照样怀念他这个满身是缺点的人。想想平时自己那么蛮横，那么不讲道理，事事跟人较劲，处处给精神文明模范小区末黑，他心里觉得阵阵绞痛，真痛心疾首悔不当初啊……

打那以后，小区里又多了一个讲文明懂礼貌的人，刘龙彪与文仕博成了一对最好的忘年交的哥们。

「穿山镜」传奇

那一年，我在野外地质队搞测量工作，正在川东一个偏远山区的崇山峻岭中辛劳地奔波着。

一天，我测完最后一个点，等后尺一到，我们四人就匆匆下山了。山里太阳落山早，我们刚走下山坡，走在两峰之间的山坳处，就已暮色四合，山的阴影森森地逼在眼前，山里可怕的黄昏已经来临。我们急急地走着，想在天黑之前赶到在地形图上选定的老乡家的借宿处。我们只顾埋头走路，转过山坳，冷不丁地从前面冒出一个人来，把我们着实吓了一跳。定睛一看，来人是一位中年妇女，山里人打扮，一头短发，走得十分急，红扑扑的脸上汗津津的，还没等我们打招呼，她就拦住了我们："你……你们是勘探队的吧？"

"是呀！"尽管我们归心似箭，但还是停了下来——和当地群众搞好关系，是我们搞好地质勘探工作的一个关键。

"几位大哥，请你们帮个忙。我的……我的羊丢了，请你们帮我找回来！"

找羊？开什么玩笑？在这人地生疏的地方，初来乍到，我们有什么本事给她把羊找回来？中年妇女的要求使我们为难。

"别急，慢慢说，究竟是怎么一回事？"我安慰着她，我想即使帮不了她什么忙，也得把我们的心意尽到。

她说，她家有10只羊，这是家里的命根子，孩子的学费、父亲的药费、一家人的衣服和油盐，都眼巴巴地放在这10只羊身上了。她每天早晨将羊赶上山坡，拴在树桩上，等羊吃饱了草，下午再将羊赶回家。眼看着这群羊就已长得膘肥体壮快上市出售了，谁知她今天下午去牵羊，羊却不见了。她找遍了附近的山山岭岭、沟沟壑壑，仍不见羊群的影子。情急之中，她听说地质勘探队要到这山里来了，就把找羊的希望寄托到我们身上。

"可是，我们有啥办法帮你找到羊？"担任记录的老郑问。

"是呀，我们是第一次到这山里来，什么情况都不熟悉，怎么能帮你找到羊？不是我们不帮你找羊，是没本事找到羊呀！"前尺和后尺也一齐附和。

"怎么不能？你们有'穿山镜'呀！你们用'穿山镜'一照，不就看到羊在哪里了？"她说得那么认真，那么肯定，眼里充满了信任。

我们都笑了，笑山里老乡把我们的本事看得那么大，也笑山里人的无知，但没有一点嘲笑的意思。我忙向她解释："我们这仪器不叫'穿山镜'，它不能望穿山，只是能把远处的东西拉近来看罢了。"

"不对不对！你们背的就是'穿山镜'，你们把山里藏着的金鸭儿、金蛋都找出来了，怎么会看不到我家的羊？"

民间的传言竟被这山里的老乡当成了真，我进一步向她解释："我们能找出地下埋藏的石油、天然气或其他矿藏，这话不假，可它们不是用这仪器照出来的，它是我们的地质工作者用很复杂的科学办法综合分析判断出来的。这仪器不能穿山，你家丢的羊我们确实没法找到。"

"你们的'穿山镜'就是能看到我家的羊！你们连谁家有腊肉都看到了，怎么会看不到我家的羊？求求你们吧，勘探队的师傅们！"她的依据似乎十分充分。

这句话戳到了我们的短处，我们四人面面相觑，十分尴尬。原来我们地质队员跑野外，运动量大，肚子饿得快，嘴特别馋，成天就想找好东西吃。我们常常在收工前把经纬仪镜头往四处扫射，看看哪家老乡后屋窗口挂有腊肉，就往哪家去。如是有的老乡舍不得拿出腊肉来吃，我们就点破他家挂有腊肉的秘密，往往惊得老乡目瞪口呆，再不敢怠慢我们。当然我们也会付出高于市价的伙食费。真是好事不出门，坏事传千里，这嘴馋的"丑闻"竟传到了我们还没涉足的地区。

真是哪壶不开提哪壶，我们是有口难言，没辙了，尴尬之中，沉默片刻，我猛然被女老乡提及的腊肉一事触动了，像断了的神经一下接通，心中似乎有了底，忙改变了语气："行行行，我们试一下，帮你找找羊。现在天这么晚了，'穿山镜'也不起作用了，我帮你推算一下，看你家的羊在哪里。"我微眯着眼，若有所思地盘算了一下，然后用手指着东南方，对中年妇女说："从这个方向出去有个老鹰崖吧？"

"是呀是呀！"中年妇女忙不迭地点头，"离这里有20里地呢——那地方你们还没去过，怎么会知道？神了！"

"对了，就是老鹰崖的鹰眼那个位置，有个洞，你可以到那里去找找。"我的神情非常严肃认真，没有半点糊弄人的样子。"对，就是老鹰岩的那个山洞里，说不定你的羊就在那里。"他们三人似乎是心领神会，以为我在使金蝉蜕壳之计，此举正合他们的心意，都想早点找到归宿处，好犒劳这咕咕叫的肚子，竟一接一答，与我配合得十分默契。

我还是不放心，再三地提醒她："不过，你不能一人去，最好叫上你们大队的民兵连长和几个人一起去。"她深信不疑，连连点头，千恩万谢地去了。

我们终于舒了一口气，又急急地向红土地的一户老乡家赶去，天黑了一会才找到了借宿处。我们组带的炊事员已先在老乡家把饭做好了，并把几张行军床架好放在了老乡的堂屋里。我们三两下把饭吃完，商量了一下明天的工作，草草地洗漱完毕，各自打开自己的背包，钻进被窝里很快就呼呼入睡了。

这一觉睡得好沉啊，不知什么时候，被外面擂得山响的叫门声震醒了。我们睡眼惺忪地问是谁，迷糊中知道了是黄昏时碰到的丢了羊的中年妇女和她的丈夫。我们一下被震清醒了，他们三人小声地嘀咕："糟了，麻烦又来了！""找羊，找羊，我们哪有找羊的本事？"我心中也惴惴不安地不知事情到底是何结局。此时才凌晨3点，大家手忙脚乱地穿好衣服，打开门将这两人迎了进来。一股凉风扑进了屋，令人惊奇的是，中年汉子身后还牵着一头肥硕的山羊。我心中有了一些底。

两人一进门，中年妇女拉着她的丈夫，在我们面前咚的一声跪了下来："谢谢你们，谢谢你们，你们真是神仙那，一说就准，我家的羊——我家的羊全找到了！"

大家先是一愣，继而一惊，然后一齐将两位淳朴的山里老乡扶了起来："不要这样，帮你们找到羊，是我们应尽的责任！"老郑给她俩倒了两杯热开水，我们将他们夫妇请到行军床边坐了下来。

中年妇女说，她听了我给她的指点，叫上了丈夫、大队的民兵连长，和几位身强力壮的亲友，一齐打着火把进到了山洞，不仅找到了她家丢失的10只羊，还找回了生产队不久丢失的两头耕牛。此时两名盗羊贼正在山洞里呼呼大睡呢，他们认为做得神不知鬼不觉，却还是被人逮了个正着。这两个盗羊贼准备第二天早晨将偷来的牛羊赶出山外，要是晚来一天，他们的牛羊就难找回来了。10只羊失而复得，夫妻俩喜极而泣，不禁想到给了他们极大帮助的勘探队员。考虑到勘探队第二天一早就会离开这里，所以他们就连夜给我们送来了一只羊。

我们怎么能收下两位乡民的厚礼呢，再三推辞，夫妻俩仍坚持要送，我只得掏出羊款，往中年汉子手中一塞："这是我们地质队铁的纪律，不能白要老乡的东西。两位大哥大嫂，这羊我们买下了，钱你们一定要收下，就算帮我们的忙了！"夫妻俩见我们的态度很坚决，才极不情愿地收下了钱。夫妻俩走后，我们几人全无睡意。找羊的结局出奇的好，老郑对事情的真相似有所悟，前尺和后尺却缠着我问："我们还以为你是给她瞎指的，推过一时了事，谁知真找着了羊。呃，老兄，你怎么知道羊就藏在那山洞里？"

我不再卖关子，一下把事情的真相端了出来："在测最后一个点时，因要等后尺赶来和我们一道会合，这时有10多分钟的闲暇时间。此时我不急着收起经纬仪，我伸了伸懒腰，舒展了一下身体，然后凑近经纬仪的镜头，上下左右转动着，从望远镜头中欣赏着这美丽而又奇异的山区自然风光。在镜头中，在这人烟稀少的地方，我居然发现了远处有人赶着羊群移动的景象。当时并没在意这是怎么一回事，只是出于勤于练兵提高观测技术的职业习惯，我根据人的身高测算出了羊群距离测站的直线距离大约是6500公里，再依据方位从地形图上找到了羊群所处的具体位置是老鹰崖。我在镜头中一直跟踪观察到了羊群被赶进了崖上的山洞。后来那个中年妇女提到我们知道谁家挂有腊肉的事，我才联想到镜头中看到有人赶羊这码事，想一想确实有问题，黄昏时自家的羊群都是从山上往山下赶，怎么这人却是从山坡下往山上赶羊？所以我才敢向中年妇女指出可以到老鹰崖山洞中去试试的建议。"

众人听后，哗然大笑，然后几只拳头一齐向我擂来："你小子，真行！瞎猫碰到死老鼠了！"不过，从那次找羊事件后，我们的声名已经远扬，在我们野外工作的几个月内，那地方方圆几十里路内再没有出现过牛羊被窃的事件了，我们也因此饱了许多口福。

柳闻莺是大学心理学专业的学生，已读大三了，正着手准备资料写毕业论文。暑假里，她来到一个边远的山区做社会调查。

这天，她在一个小集镇，忽然听到一个女人哀哀的叫卖声："卖——亡——灵咯！卖——亡——灵咯！便宜贱卖咯！"声音带着长长的拖腔，尖锐刺耳，直往人的心尖尖上扎去。柳闻莺感到奇怪，只听说有为死去的人喊魂的，从没听说过有叫卖死人亡灵的，这叫卖声的后面一定蕴含着一段怪异离奇的故事。她好奇地循声一望，见前面不远处围着一堆人，叫卖声就是从那里传出来的。

柳闻莺走近一看，人群中围着的是母女俩，她们的身前立着一个灵牌，相框里摆放着一张男人的照片。母亲其实很年轻，不到30岁，女儿也就五六岁的样子。母亲吆喝着，女儿怯生生地依偎在她的身旁。柳闻莺想向年轻母亲了解事情的真相，可一见周围围着那么多人，想来这事一定有不便告人的隐秘，也就没有开口。人群中却是议论纷纷。有的说，男人死了，女人活得艰难，也不能把死去男人的亡灵拿来卖钱呀！有的说，男人死了，你要改嫁，你嫁人得了，怎么能作践死去的男人呢？人群中有人摇头，有人叹气，有人表示不可理喻。

等人们逐渐散去后，柳闻莺靠了上去："大嫂，我是一个外地来的大学生，也是一个青年志愿者。请问，我能为你提供什么帮助吗？"

年轻母亲只是"谢谢，谢谢"地道个不停，却称"此事你帮不了忙"。后来在柳闻莺的再三讯问下，年轻母亲看女学生这么热心，也没什么恶意，这才道出了事情的原委。

她叫王秀英，住在靠山村，6年前嫁给了同村的开小四轮货车的李大为。小两口婚后也还算恩爱，一年后生下了女儿巧巧。李大为重男轻女的思想十分严重，自从女儿降生后，就不拿好脸色给妻子看，常常变着法子折磨和虐待王秀英。对巧巧更是嫌弃和鄙视，从不拿正眼瞧她一下，女儿要是稍不合他的意，他不是拳打，就是脚踢。女儿一见到父亲就犹如见到阎王爷，吓得浑身筛糠地四处躲藏。要是母女俩在家里时，女儿调皮不听妈妈的话，只要妈妈说一声"爸爸来了"，女儿就一下被镇住变得乖巧了。

王秀英母女俩就在这无休无止的折磨和歧视中艰难地过着日子。后来，丈夫突然遭遇的一场车祸改变了母女俩的命运。丈夫遇车祸去了，家中没有了经济来源，丈夫的打骂声倒是没有了，生活却没有因此而变得宁静。为什么呢？巧巧不知从村里哪些老人那里听来的故事，说是人死了，他的灵魂还会回来做他生前没做完的事。巧巧本来就十分惧怕他的爸爸，现在听说他爸爸的鬼魂要回来作怪，吓得成天魂不守舍的，白天吃不下饭，晚上连觉也睡不安稳，小小的年纪心中就搁了事。眼看着孩子的身体和精神一天比一天差，王秀英急得像热锅上的蚂蚁。后来，村里的人给王秀英出了一个主意，叫她到集上去把丈夫的亡灵卖了，丈夫的亡灵才不会回来骚扰家庭，而且要当着女儿的面卖掉，女儿才会相信。于是她母女俩就来到了集上叫卖亡灵，已叫卖几天了，可谁会愿意将别人家的亡灵买回来自己供着呢？

柳闻莺听完这个荒诞的故事，是又好笑又好气，心中却是隐隐作痛，不禁可怜起眼前既愚昧又无知的母女俩了。她说："大嫂，我能开导开导这位小妹妹吗？"王秀英点了点头。于是，她向巧巧讲道，世界上本没有什么鬼魂，是人们瞎编出来自己吓自己的。她还给巧巧讲了许多科学道理，要巧巧不要相信那些封建迷信的东西。巧巧睁大迷惘的双眼，似懂非懂地傻望着，仍然畏畏缩缩地往妈妈怀中贴去。

由于时间太晚了，柳闻莺告别了母女俩。过了几天，柳闻莺仍牵挂着那对母女，她认为她当时处理问题的方式有点不切合实际。是的，她讲的道理是对的，可是，一个才5岁的孩子哪里能听得懂你这些大道理呀？她幼小心灵中的阴影并没有消去。我是学心理学的，我当时为什么不能变通一下，不必那么与迷信较真，装着煞有介事地买走她父亲的亡灵，让孩子的心安呢？唉，我太拘泥于原则，太不通人性了！她决定要找到这对母女，自己做出必要的让步和精神上的牺牲，为她们除去心中的忧虑。

可是，柳闻莺并不知道这对母女的确切住址，只依稀记得她们家住在什么靠山屯，谁知这误记住的靠山屯与母女实际居住的靠山村相距好几十里，她循着人们的指点阴差阳错地来到了靠山屯。一个中年妇女听说她是找一对家中失去了男人的母女，赶忙回答说有这么一家人，并热情地领着她上门找寻。开门的年轻女人一露面，是个不曾见过面的陌生脸孔，她意识到不是她要找的人，欲礼貌地告退，可一眼瞥见了堂屋里桌子上摆放着的照片和牌位，分明是那天那对母女叫卖亡灵时见到的物品，她感到十分惊异，又见主人热情相邀，就不由自主地跟了进去。

主客客套地寒暄了一阵后，柳闻莺提出了她的疑问。女主人说："看你是一个远道而来的学生，我可以告诉你我们家中的秘密，但你必须答应我一个条件。""什么条件？""为我保密，特别是在我的女儿面前不能提半句。"柳闻莺点了点头："我答应你。"

女主人说，她是在出外打工时，被一个男人骗了，与这个男人有了一夜情。后来懵懵懂懂地知道自己怀孕时，人工流产已来不及了，她只得回到家乡悄悄地生下了这个孩子。孩子懂事后，常常问母亲："我的爸爸在哪里？"她只得编着各种谎话来搪塞孩子，于是孩子时时都盼着能见到梦中的父亲。那天她去集上赶集，见到了叫卖亡灵的母女，于是就灵机一动：我何不买回这个亡灵，向孩子说你的父亲在外面已经死去，咱们好断了这个念想，不再日日夜夜盼望他回来了，好好过自己的日子。孩子一见到她"父亲"的遗像和灵位后，虽然哭得很伤心，但打那以后，再也不缠着妈妈要爸爸了，一下像成熟了许多。

柳闻莺心中不由一震：又是一个多么可怜的女孩，又是一个多么可怜的家庭！但这个男人的亡灵的一买一卖，看似愚昧的举动，却使两个家庭都得到安宁，却是柳闻莺所未曾料到的。她的心中一下闪过一道亮光：她的毕业论文，已经确定出一个全新的选题。

知面不知人

　　邱胡与虞梅两人爱得死去活来。但虞梅还是时时担心："胡哥，你会爱我一辈子吗？"

　　邱胡咧嘴一笑："嗨，我爱的是你这个人，是你这颗心，只要你不变心，我怎会不爱你呀？"

　　虞梅暗中思忖，在当今五彩斑斓的社会里，什么情变的怪事都会发生，她对邱胡的表态仍是有些将信将疑。

　　邱胡在单位里搞的是软件开发，需要不断地更新知识。单位很器重他，经常派他去外地培训学习，这不，领导这次又委派他去深圳进行为期三个月的学习深造。

　　临行前，虞梅半开玩笑半认真地对他说："深圳的漂亮妞多哟，你可别到了三个月后回不来了！"

　　邱胡也以玩笑回敬："回得来！回得来！到时候我给你带回一打靓

妞来！"虞梅半嗔半怒地给他一阵粉拳打去。

邱胡到了深圳后，立即投入到了紧张的学习之中。给他们讲课的主讲教师有两位，其中一位叫劳亦璞的教师，知识非常渊博，课讲得很好，他特别喜欢上劳老师的课。但他同时觉得劳老师似乎有些熟悉。看面容，他记不起与他的朋友之中的哪位相似，仍是感到十分陌生。但听声音，看神情举动，却与他多年前的一位老同学非常相似。他相信，世界上难找到两个面容完全一样的人，但却能找出声音非常相似的人，电视里的明星模仿秀，就常常冒出这样的奇人。所以邱胡也没把这事放到心里去。

一个多月后的一天，居住在同一标间的另一单位的同行招呼邱胡，他今天要到他的一位在深圳的朋友家做客，今晚就不回来了。

晚饭后，邱胡在深圳街头独自闲逛了一会，觉得无聊，就早早地回到宾馆，在电话中与虞梅卿卿我我地闲聊了一会，然后就沉浸在他喜爱的电视连续剧中去了。

一会，门被轻轻地推开了，邱胡以为是宾馆服务员来送开水或是打扫卫生，他也就没多加注意，只感到有一个人去到了卫生间。不一会，卫生间传来了哗哗哗的水声，邱胡暗笑，这服务员也真会打算盘，可能是要交班回家了，也顺便揩揩宾馆的油，在宾馆洗完澡再回去。

不一会，卫生间的哗哗流水声停了，就从里面走出一个女人。邱胡这才扭过头来打量了她一下。这一看不打紧，可把他惊得合不拢嘴。

这是一个非常年轻的姑娘，长得太漂亮了，刚被热水熏蒸后，如出水的芙蓉，红扑扑的脸蛋显得特别娇艳，浑身充满了青春的活力。穿一件薄如蝉翼的粉红色上衣，朝邱胡甜甜地一笑，顿时迸射出一种摄人心魄的魅力。

邱胡心里热乎乎的，像欣赏一件完美的艺术品一样，不由赞叹起造物主鬼斧神工的杰作。姑娘拢了拢染成金黄色的头发，却并不离开房间，反挪动轻盈的脚步，径直朝邱胡走了过来，嗲声嗲气地冒出了一句："帅哥哥，玩玩吧！"

"玩玩吧"，这是什么意思？难道她是一个以卖皮肉为生的女人？邱胡刚才从内心深处涌出的一种对美的崇尚和欣赏的圣洁心情，顿时被冲刷得干干净净，浑身不由起了一层鸡皮疙瘩。他鼻腔中轻蔑地哼出了一声，迅即坚决而严肃地作答："玩什么玩？你把我看成了什么人？出去！出去！"

姑娘却并不气恼，极其轻佻地诳笑着，边脱衣服边向他扑了过来："帅哥哥，你看我这么漂亮，难道会不动心？我的服务十分周到，春宵一刻值千金，机会难得啊！"紧接着一股温软的气息就向邱胡逼来。邱胡胃里呃呃地直冒酸水，吓得左躲右闪，连连倒退，好不容易才摆脱了她的纠缠，仓皇地"夺门"而逃。

邱胡惊出了一身冷汗，冷静下来以后，自然想起了临行前虞梅对他玩笑似的提醒绝非戏言。打那以后，邱胡再不敢一个人单独待在宾馆里了。

培训的日子就这么不紧不慢地过去了。这天下午，授课提前结束了，邱胡一个人待在宾馆里，正百无聊赖时，有人拍响了门。

"请进！"邱胡打开门懒懒地招呼，进来的却又是一个年轻漂亮的姑娘，邱胡立马就有些紧张和警惕："你找谁？你恐怕走错地方了吧？"

谁知姑娘却哈哈大笑了起来："胡哥，我是虞梅呀！你怎么连我也不认识了呀？"

虞梅，怎么会是虞梅？你开什么玩笑，虞梅长什么样我还会不知道？听声音倒还有些像，莫非虞梅在家里有些放心不下我，故意派个漂亮的小姐妹来试探和考验我，我可不能上这个当："你真逗，我自己的女朋友我还会不认识？你别玩这个无聊的游戏了，还是哪里来就回到哪里去吧！"

姑娘急了："胡哥，我真是虞梅呀，才分别两个多月，你就不认识我了？我是想你，等不及了，又想给你一个惊喜，才不远千里跑来与你见面呢！"

可任对方如何解释，邱胡就是不相信。姑娘又说出了一些只有他和虞梅才知道的隐秘事来提醒他，邱胡仍是疑惑地摇了摇头。姑娘只得把她是做了多次整容手术才变得这般漂亮的事说了，邱胡不由瞪大了眼睛，惊诧莫名：世界上哪会有这样神奇的手术，可以把一个人变成另外一个完全不相同的人？不相信，不相信，我就是不相信！

邱胡神情严肃，毫不客气地下了逐客令："姑娘，请自爱吧，你骗术再高明，我都不会动半点心！你赶快走吧，我决不会做出半点对不住虞梅的事！"

面对心如止水的邱胡，姑娘再无计可施，只得懊丧地摇摇头，含着泪花，悻悻地离去。

邱胡没敢把这件事告诉虞梅，怕电话里解说不清。几天后，虞梅却打电话来了，直称赞他做得对，她对他在外的行动完全放了心。虞梅远在千里之外就已经知道了这码事，这么说，这前后两次美女的入室挑逗，都是虞梅一手策划的了？她怎么能这样呢？要考验我也不能这样做呀！以前别人都开玩笑说我是"秋胡戏妻"，现在倒成了"妻戏秋胡"了，哼，看我不回去好好收拾收拾虞梅。

三个月培训期满回到单位后，邱胡并不急着主动地去找虞梅，他要拿点颜色给虞梅看看。可刚一回到家，却有人找上了门，令邱胡感到奇怪的是，来人竟是在深圳坚称自己是虞梅的那个漂亮姑娘。邱胡恼怒了："你……你……你怎么能这样？我在深圳时你找上门来胡搅蛮缠，我回到这里你仍穷追不舍，你是要毁我的清誉？"

姑娘却吃吃地抿着嘴笑着，故乍神秘地发问："胡哥，你真的不认识我了？"

邱胡的态度十分坚决："是的，我不认识你，从来没见过你！我们之间没有任何关系！"

"你不认识我，我很得意，说明我的手术非常成功。胡哥，我真是虞梅呀！你要是还不相信，跟我一道去医院见见医生！"说着拉着邱胡就往医院里奔。

来到市里的整形整容医院，主刀大夫取出了姑娘的医疗档案摆在了邱胡面前，一切都明白无误地显示：眼前这位漂亮的姑娘就是虞梅！不仅有主刀大夫的口头陈述，还有医疗档案上虞梅整容前后的照片对比，都以无可辩驳的事实证明了这一切。

面对整容后变得十分漂亮的女友，邱胡不知是该惊喜呢，还是该懊丧，抑或是其他的情绪，他说不清道不明，五味杂陈地注视着变得陌生了的虞梅，好半天说不出一句话来。

从整容医院出来，他一路心事重重地沉默着，好一会，才莫名其妙地突然对着虞梅迸出了一句："我要去一趟公安局！"不容虞梅表示可否，扭过头来就大步地离她而去，把虞梅孤零零一个人撂在街头。

虞梅茫然不知所措，十分不解地摇摇头："胡哥哩，我无非就是整了一下容嘛，犯了哪条天条了？何必小题大做，值得你去公安局？"

却说邱胡急匆匆地来到公安局，把心中的疑问向值班干警说了出来。原来他怀疑在深圳培训上课的那个劳亦璞，是他原来的一位叫王阳群的同学。

王阳群为什么会变成现在这般他不认识的模样呢？受女友整容后完全改变了模样的启示，他推测劳亦璞就是整了容的王阳群。

王阳群一个长得并不丑的大男人，为什么要去整容呢？是不是犯了什么事，为了躲避公安机关的追查，而去整容变换成了另一副模样？

值班干警很重视他提供的这个线索，立即将"王阳群"三字输进了公安机关的追逃网站，可不是，王阳群的姓名赫然在列，追逃材料上表明王阳明是一名重大的在逃经济犯罪嫌疑人。邱胡又向值班干警提供了一幅他用手机悄悄拍下的劳亦璞的照片。值班干警赶紧将这些情况电传给了事发当地的公安机关。据后来反馈回来的信息，王阳群很快就被公安部门逮捕归案。

虞梅在家里度日如年，忐忑不安地等待着邱胡对她的"裁决"，谁知等来的却是一个深深的吻，她有点摸头不知脑，但悬着的一颗心总算放了下来。

假唱有理

　　著名女歌星燕歌飞要到蜀阳市来演出的消息一传出，立即轰动了整个小城。刘刚是燕歌飞的铁杆歌迷，他不仅收齐了燕歌飞出的所有歌碟、歌带，家里贴满了燕歌飞的演出照，还将他能搜集到的有关燕歌飞的报道、图片剪贴成了几大本。他虽唱不好歌，但凡是燕歌飞唱过的歌曲，他都能一字不差地哼出来。

　　燕歌飞表演那天，刘刚兴奋异常，约上了他的朋友李明一道去观看。演出场地设在市体育馆，体育馆外面被歌迷们围得水泄不通，场子里已是人山人海。

　　燕歌飞刚一出场露面，还未开口演唱，全场已是掌声雷动，欢呼声一片。她首先演唱了一首她的成名曲，她那甜润的歌喉，娴熟的技巧，迷人而富有动感的舞姿，立即征服了全场观众，如潮的掌声一浪盖过一浪。接着演唱了几首她最拿手的流行歌曲，此时观众的热情已被点燃，再加上她煽情的飞吻一个接一个地抛向观众席，全场像是一锅煮沸了的饺子，涌动不息沸腾不已，歌迷们的热情已近疯狂。

燕歌飞唱到兴致高涨时，为迎合观众的口味，随即演唱了一首当地的四川民歌。当《康定情歌》唱到"李家溜溜的大姐，人才溜溜的好哟"时，她干脆走下舞台，要与热爱她的歌迷们做零距离的情感交流。她边唱边走下舞台台阶，由于不熟悉台阶的距离，眼睛又一直盯着歌迷，脚下一不小心，高跟鞋就踩虚了，她稳不住身子跌了下去，手中的无线话筒也摔出去好远。

此时安放在体育馆四周的音箱却仍自顾自继续唱着"张家溜溜的大哥，看上溜溜的她哟"，依旧是她那甜润的歌喉，娴熟的技巧。全场观众顿时傻了，呆了，好一会才省悟过来：假唱！一跤摔出个假唱！我们心目中的偶像歌星在欺骗我们！全场哗的一下像炸开了锅，口哨声、嘘叫声响成了一片！

刘刚见此情景，肺都气炸了！他气愤地拉起李明的手说："走！跟我退场！"李明劝他："何必认真呢，下面还有精彩的节目嘛！"刘刚气不打一处来："她是在假唱欺骗你，你还说精彩？"李明安慰她："燕歌飞虽说是在假唱，但人总是真的嘛，我们能亲眼看到她的真身，也算不错的了！"刘刚更加气愤："还有什么看下去的必要？我心目中最崇拜的偶像都在欺骗我们，过去燕歌飞在我心中的美好形象一下灰飞烟灭了，哪还有心情再去看她忸怩作态矫揉造作的拙劣表演？"李明看劝他不过，只得跟着刘刚提前退了场。

两人走过大街，刘刚说到后街的花鸟市场去看看。李明调侃道，这个时候你还有心情去赏花赏鸟呀？刘刚回答说，听听鸟的天籁之音，总比听虚情假意的假唱强。李明忙附和，是的是的。

两人来到花鸟市场，这里真的是百花齐放，百鸟争鸣。刘刚被各种小鸟清脆婉转的鸣叫声迷住了，他领着李明进了一家又一家花鸟店。一问价钱，会说话的鹦鹉、鹩哥价钱都很贵，刘刚只能望鸟兴叹。老板向刘刚推荐一种未经驯化的鹦鹉，只要几十元一对，说只要好好调教，用不了多久就能说话。刘刚仍是摇了摇头。

这时店外街边一个瘦猴样的中年男子提着个鸟笼，笼中一对鹦鹉不停地鸣叫声把刘刚吸引住了。他俩赶紧来到瘦猴跟前，只见笼中的鹦鹉上下蹦跳，不停地向围观的人们叫着："先生好！小姐好！"刘刚和李明都被鹦鹉天真无邪的叫声逗乐了，刘刚有心想买下一只。与瘦猴一番讨价还价后，最后敲定500元一只。刘刚一摸衣袋，钱不够；问李明，也凑不齐。刘刚瞅瞅李明对瘦猴说："这只鹦鹉我要了，我身上还差300元钱，李明你就在这里等着，我去借到钱就回来！"瘦猴忙点头应承："你去吧去吧，这鹦鹉我一定给你留着！"

不一会，刘刚回来了，见到瘦猴的鹦鹉确实没卖出后，随即向远处打了一个手势，紧接着过来了两个110的巡警。巡警严肃地对瘦猴说："对不起，你涉嫌欺诈，请跟我们走一趟！"瘦猴顿时像泄了气的皮球，乖乖地跟着巡警向巡警中队走去。

这是怎么一回事？原来，三个月前，刘刚就是在这花鸟市场的街边花高价买了这么一只能说会唱的鹦鹉。刘刚提着鸟笼，一路逗着鹦鹉，鹦鹉乖巧的说话声把刘刚逗得乐呵呵的。可是，渐渐地，鹦鹉的声音愈来愈小，刘刚以为是鹦鹉说累了，说饿了，于是就让它歇歇，吃饱喝足后，可它反而一句话都不说了。他感到奇怪，觉得有问题，就从笼中抓出鹦鹉仔细琢磨，这才发现鹦鹉的右翅下面贴着一个微型播放器，很像音乐贺卡上的放音装置，鹦鹉不说话的原因是播放器上的电池用完了。他气极了，发誓要抓到这个骗子。于是他守株待兔，明察暗访，费尽心力，没想到三个月后这个骗子终于撞到了他的枪口上。

　　为了做好笔录，警察叫刘刚和李明也一起去到了巡警中队。当警察质问瘦猴为什么要使用这种卑劣的伎俩骗人时，瘦猴昂着头，振振有辞地回答："歌星都能假唱，为什么鹦鹉就不能假唱？"刘刚和李明傻眼了，两警察也被弄得哭笑不得。

电脑「算命」

　　兴隆场赶集天真是热闹。只有集东头，做买卖的人少了，却三三两两聚集着一些人，像幽灵一样游荡着，原来是些给人算命看相的八字先生、八字大嫂。有一处算命摊特别显眼，用蓝色篷布搭起了一个小篷，上方悬挂着一红色横幅，上书"电脑算命"四字，两边的广告对联是：科学为君断吉凶，微机替你指迷津。小篷里安放着一张小方桌，上面摆放着一台过时了的陈旧的微机，侧面连着一台同样陈旧的针式打印机。桌子后面，端坐着一个约30来岁的中年人，西装革履，衣冠楚楚，鼻梁上架一副镀金宽边眼镜，很有一派学者风度。

　　其他算命摊前都门庭冷落。唯有电脑算命篷前生意兴隆。只见一个个手中持有电脑打印的"命运卡"的求卦人从篷里走出，都喜笑颜开，连声夸赞着："真神！""服了！"看新奇的人更是一个个伸长了脖子，把一个小小的算命篷围得水泄不通。

此时，从算命篷外晃晃悠悠地走来一个挑着泔水桶的姑娘。只见她20来岁，胖脸短发；双眸明亮，皮肤黝黑；壮壮实实，利利索索；一看就知道是一个下田种地的农村少女。她被电脑算命篷前的热闹情景所吸引，好奇地放下了装得满满的泔水桶，往人群中挤去。胖姑娘看了一会，也被电脑算命的神奇所折服，轮到她挤到摊前时，她怯生生地说："老师，我也算一个。"

科学算命先生态度和蔼地招呼："好呀，姑娘请凳上坐。先把你的出生年、月、日、时辰报出来。"

胖姑娘疑惑了："电脑算命也要报生庚八字呀？不是和那些算命先生一样了吗？"她指了指篷侧一字排开的算命摊。

科学算命先生急忙解释："不一样！不一样！用生庚八字替人断吉凶，这是周易里面就有的，虽说很古老，却十分科学，现在许多大学教授都在研究周易这门高深的学问呢。那些个土算命先生，没什么文化，更不懂科学知识，自己都没弄通算命是怎么一回事，周易里面的知识边都没沾上，就给人瞎推测，当然就十算九不准了。而这电脑算命，我们是把周易的深奥学问输进去了的，把古代的知识和现代的科学结合了起来，替人算出的命自然就十分准确了！姑娘，你可能不相信算命，但是却不能不相信科学！"

胖姑娘佩服地"哦"了一声，于是就报出了自己的生庚八字，随着科学算命先生在键盘上轻轻地敲击，显示屏上立即跳出了"甲乙丙丁戊己庚辛""阴阳"等字样。

科学算命先生又问："请问贵小姐的家庭住址？"

胖姑娘又不解了："算命还要问家庭住址呀？"

科学算命先生显得很有耐心："是呀，是呀，一个人的命运，与他居住的地方很有关系，所谓风水，也是有科学依据的呢！"

　　胖姑娘毕竟年轻，她相信科学，相信电脑这科学新玩意，于是又报出了自己的家庭住址。科学算命先生拿出了一张本地的地图，查出了姑娘住址的方位，将它输入了电脑。接着，电脑进行着繁复的运算，显示器屏幕上不断变幻着各种不同的数据、符号，最后电脑显示器上定格出了一个大的数字：168。

　　科学算命先生连声说："好运，好运，168，一路发嘛！"接着热情地问："小姐，要打印出命运卡吗？"

　　"要，怎么不要？"胖姑娘不假思索地说。

　　"得加5元的输出费、打印费。"

　　"行，5元就5元。"

　　于是，打印机嗞嗞作响，一会就吐出了一张打印着工整的印刷字体的纸条。胖姑娘接过纸条一看，上面赫然印着："喜鹊叫，金鸡鸣，为君送来好运气。财神菩萨屋里坐，赵公元帅伴随你。碰见泥土变成金，逢着铁石放光辉。"

　　姑娘捧着纸条惊喜："这么说我能发财？"

　　科学算命先生肯定地点头："能发财！能发财！"

　　"什么时候能发？"胖姑娘急切地问。

　　科学算命先生扳了扳指头："一个星期之内！"

　　胖姑娘高高兴兴地付了20元电脑算命费，挑着泔水担子，哼着小调，颤悠悠地回家去了。

　　三天后，胖姑娘关上家门正要外出，迎面走来两个道士打扮的人，其中一个50来岁，蓄两小撮八字胡，一个刚20，看样子是师徒俩。两个道士朝着胖姑娘拱手施礼："施主不走，恭喜发财！"

　　胖姑娘知道这是寻求施舍的出家人，为了尽快脱身，忙从衣袋里掏出了一元钱，交给了两个道士。老道士说："施主放宽心，我们不是来求施主布施的，而是给施主送财来了！"

姑娘颇感吃惊："给我送财？我不认识你们，给我送什么财呀？"

老道士拿着方才胖姑娘给他的那一元钱，往衣襟里一放："这是施主给我的一元钱，施主请看清楚，转眼间我就要把它变成10元钱。"说着，从徒弟手中接过一方布巾，往钱上一盖，接着向布巾吹了一口气："变！"揭开布巾一看，嘿，比耍魔术还神奇，一张1元的钞票，霎时变成了10张1元的钱，把胖姑娘的眼睛都看呆了。

俩道士向胖姑娘介绍说，他们是从峨眉山下来的高人，通过多年修行，炼成了能把钱从少变多的绝招，现在奉师傅之命，下山来普度众生，帮助大家脱贫致富。老道士说着把钱交给了胖姑娘："这些都是你那一元钱变的，拿着吧，我们向你保证，张张钱都是真的！"

胖姑娘把钱又推了回去："真的能变？那就替我再变多点吧！"她想，电脑算命算得真灵，说我一个星期之内要发财，现在果真就有人送钱来了！

"这……这样一元一元的变来得多慢呀！要变我们就只能给你再变一次，把你家所有的钱都拿出来，本钱愈多，变出的钱就愈多嘛。"

"是呀，好多人还等着我们去帮他们发财呢！"小道士催促道。

姑娘将信将疑地将两个道士迎进了门，从里屋箱子里拿出了一千元钱："我爸爸在地里干活，我得去问问他，看他还有没有更多的钱拿来变。"

小道士却把她挡住了："这事千万不能告诉别人，别人一知道法术就不灵了！"

"对，变钱时不能有其他人在场。"老道士挺神秘的样子。

胖姑娘感到惋惜："那你们就替我把这一千元钱变成一万元吧！"

于是，俩道士当着胖姑娘的面，慎重地把一千元钱用一块蓝布包好，又极其慎重地交给了胖姑娘。胖姑娘接过布包就要打开，老道士赶忙制止："不行，不行，一打开见了风就变不了了。"

"为什么会变不了呀？刚才那一元钱不是盖上就打开了的吗？"胖姑娘感到奇怪。

"刚才变的是一元钱，钱少，变得就快。现在变的是一千元，钱多，变得就慢，要三天三夜后才能变成一万元呢。施主，你必须将这个钱包放在柜子里，锁好，心要诚，耐心地等上三天三夜，那时你再打开，保证你能得到一万元钱！"

俩道士见胖姑娘犹犹豫豫，迟迟不将布包收拣好，恐拖久了滋生事端，转身就要开溜，胖姑娘像一下醒悟了似的，突然猛喝了一声："站住！都给我站住！"

俩道士惊惶惶的，脚下并没停步："怎……怎么啦，施主？"

胖姑娘迅即三两步来到了门边，一侧身堵住了大门，举着布包威严地发问："你们说，我那一千元钱还在这包里吗？"

俩道士点头如鸡啄米："在在在！怎么会不在？"

"那好，我可要当着你们的面把包打开，看看我那一千元钱！"

"别别别，"俩道士的四只手一齐伸向了布包，挡住了胖姑娘的手，"千万别打开，现在里面的钱正在慢慢变，吹不得风，一吹了风法术就不灵了，你不仅得不到快要变来的一万元钱，就是你那一千元本钱，吹了风也不能复原了呢！"

胖姑娘怒视着他们，不吃他们这一套鬼把戏，用力地将四只手拂开，顺势将手中的布包一抖，散落满地的却是小学生用过的作业本纸。俩道士霎时脸色煞白，惊慌失措，急于夺路逃走。胖姑娘一反刚才斯文端庄的神态，腾起矫健的身姿，一个扫堂腿，将老道士踢了个狗吃屎；摆动身躯，左手肘往后用力一拐，将小道士撞了个四仰八叉。然后又一个猛虎下山动作，躬身从小道士身上掏出了她刚才交给老道士的那一千元钱。接着迅速从怀中掏出了两副锃亮的轻便手铐，将俩道士铐住了。

这究竟是怎么一回事？原来，胖姑娘叫郑锦花，是刚从省警察学校毕业不久的学员，分回到县公安局工作。她虽说是个女孩，其貌不扬，可擒拿格斗的本领却是十分了得，又机警过人，在前两次执行任务中，表现得非常出色。这次她回家休假，听家人说，附近几个村子接连有人上了变钱骗术的当，蒙受了巨大的经济损失。她向领导汇报了这个情况后，征得领导的同意，决心把事情弄个水落石出，为民除害。当她从几个受害人口中得知，他们被骗之前，都曾到电脑算命摊前算过命。于是，她做出了如下推断：电脑算命先生与小钱变大钱的道士可能是同一伙骗子，他们打着科学算命和脱贫致富的幌子，相互勾结，狼狈为奸。为了证实她的推断是否正确，她假戏真做，来到了电脑算命摊前算命，当电脑算命先生问起她的家庭住址时，她就更加坚信了自己的判断。

囚车上，她见到了戴着手铐、耷拉着头、威风扫地的科学算命先生，这是为配合她的行动，被她的同事们抓获的。她不无讽刺地问："科学算命先生，你的电脑算命真灵，可是怎么就没算出我是来找你算账的？"

紧闭的门儿没上闩

四海软件公司大门口贴出了一则招聘广告：本公司拟招聘总经理助理一名，要求男性，硕士研究生毕业，年龄不超过30岁，五官端正，身体健康，月薪10000元。

四海软件公司是高新区软件孵化园的高科技企业，能到这里工作是莘莘学子的梦想，何况还有那么高的薪水，那么好的职位！可是看到最后，有人发出了惊呼："怎么还有这么个条件？到底是招总经理助理，还是给总经理招女婿？"

招聘广告的最后还有个附加条件：如果你已经有了女朋友，就请不要来碰运气！本公司不欢迎已经在爱的海洋里畅游过的勇士。

这时，一个高个子小伙拉了拉西服的衣襟，正了正领带，挺胸昂首问身边的同伴："喏，看看我符不符合他们的招聘条件？"

"你，要应聘？张闯，你有没有搞错，你没交过十个女朋友，也交过八个吧？谁不知道你和市模特儿队的美女刘倩确定了恋爱关系，你……"

"我就不信会有撞不开的门，你就等着我的好消息吧！"高个子说完，大步走进了四海软件公司的大门。

嗬，公司人力资源部门口已经排起了长龙，只见一个个参加完面试的应聘者，都垂头丧气地从办公室走了出来。

"他们被淘汰了，正是我的希望所在！"张闯求职的信心并未动摇，毫不犹豫地排在了龙尾。

好不容易轮到张闯了，接待他的是人力资源部经理裘贤。裘经理看过了张闯递来的应聘材料，提了几个专业和管理方面的问题，张闯侃侃而谈，对答如流，裘经理微微颔首表示满意。裘经理又问道："如果让你担任总经助一职，你将怎样进行管理？"

张闯答道："我除了坚决贯彻执行公司行之有效的规章制度外，还将融入人性化的管理。"

裘经理反问："什么是人性化管理？"

张闯回答："就是在管理中不忘对员工进行人文关怀。"他举例说，比如有的员工生病住了院，管理层就应派员去探望和慰问；员工的生日那天，领导应亲自或派代表前去表示祝贺；公司的工作性质容易造成员工的亚健康状况，我们就应该给员工提供良好的锻炼和活动的场所，尽量为他们提供宽松的工作环境。

裘经理反驳道："你不觉得占去这么多人力物力做这些烦琐的事，会影响我们公司的效益吗？"

张闯答道："恰恰相反，当员工们了解到自己在领导心目中的位置，知道领导在时时关心着他们，不仅不会影响工作，他们反而会更努力地工作。这就叫以心换心嘛。我们管理层的责任，就在于调动员工的积极性和创造力。"裴经理默许地点了点头。

裴经理突然调过话头严肃地问："你交过女朋友吗？"

张闯回答得十分干脆："交过！"

裴经理生气了："交过你还来？真是乱弹琴！"

"请原谅，咱不会说假话！我是想……"

裴经理打断了张闯的话："好了，张先生，你可以走了！"

张闯并不示弱："我这就走！不过，在走之前，你能允许我对你们公司说几句大实话吗？"

裴经理顿了一下："有话你就讲！反正你后面也没有来应聘的人了！"

张闯说："你们的招聘条件里附加了没交过女朋友这一条，请问，接近30岁的人了都还没交过女朋友，你认为这样的人正常吗？"

裴经理一下愣住了："这……一般人会认为是不正常，可我们公司就需要这样的人！"

张闯咄咄逼人："难道你们的公司需要不正常的人来担任总经理助理吗？刚才你已经对我提出的人性化管理表示认可，请问这样不正常的人怎样进行人性化管理？难道你们希望把公司越办越糟，直至倒台关门吗？"他慷慨激昂地说完就回头向门外走去，心中充满激愤：没被这样不正常的公司聘用，并不是一件什么遗憾的事！可刚走到门口，却突然听到裴经理大喝一声："好，定了，总经助就是你！"

张闯猛然站定，缓缓地回过头来，感到不解："这是为什么呀？"

裴经理做出了解释："道理很简单，总经助是一个非常重要的职位，经常要接触到公司的核心技术机密和商业秘密，我们不能把它交给一个不放心的人去管理。张先生，我们看重的正是你的这种诚实和勇于承担责任的品质！"

张闯反问："难道我刚才对你的冲撞也不计较？"

裴经理悠然一笑："智慧和勇气也是我们所需要的呀！"

张闯明知故问："那你们为什么不把这些要求写进招聘启事里？"

裴经理答道："你是个聪明人，我们要是把这些要求明明白白地写进招聘启事，还能招到令我们真正满意的人吗？谁不会说自己诚实负责、勇敢智慧呀？你可知道，前面那些人可都是声称自己从没交过女朋友的啊！这样的人还称得上诚实吗？"

张闯不露声色地笑了，心里对自己说：紧闭的门儿没上闩，果真如此！

乖乖女戏了个金龟婿

王老汉接到在外打工的女儿的来信，乐得合不上嘴。女儿秀英在信上说，她找了一个男朋友，既诚实可靠，又富有殷实。女儿是个孝顺的乖乖女，她每月打工仅两千元工资，还要寄回钱养家。如今女儿找了一个既有钱又可靠的丈夫，这就是说，不仅女儿的终身有了依靠，他王老汉一家也可以借助孝顺的女儿沾上这个金龟婿的光，从今以后过上人人羡慕的好日子。

王老汉是个做事谨慎的人，他认为外面的世界很复杂，女儿幼稚单纯，有些不放心，就与老伴商量，他准备到女儿那里去帮女儿把把关，看看女儿找的男朋友到底是咋样的。老伴也同意他先去探探虚实。

乘了两天两夜的火车，他才来到女儿打工的城市。女儿在一家超市当营业员，今天是特意请了假到车站来接父亲的。王老汉随着女儿一道来到她的住处，见到屋中的摆设，警惕地问："你已和男朋友住到了一起？"秀英说："这有什么嘛，城里人处朋友还不都是这样的？""没结婚就住在了一起，傻女儿呢，要是男朋友把你甩了，吃亏的还不是你自己？"王老汉心下就有些不高兴。他又问："你们这屋子是租的吧？"女儿回答："是租的呀。"王老汉瘪了瘪嘴："怪不得不咋样呢。呃，你说你男朋友那么有钱，为什么不买一套像样的商品房呢，却租上这么一般的房子？我看有问题！"秀英解释道："爸，这你就不了解荣生了吧，他这个人，虽说有钱，但生活照样过得很朴实，不爱摆什么阔气。再说，他一人在外，又没成家，当然是租房来住了！"

王老汉提醒女儿："一个漂亮的姑娘在外闯荡，到处都藏有险山恶水，可得当心被黑心的男人欺骗啊！"女儿解释说，她选择男朋友是很慎重的，首先看的就是人品，其次才是金钱地位。她说徐荣生这个人，品质好，挺会替他人着想。她考察过徐荣生，确实诚实可靠，也真心喜欢她，挺会疼人的，她在他心目中占有重要位置。她告诉父亲，她希望男朋友有钱，但她又最惧怕找上那种一有钱了就找二奶泡小姐满脑子使坏的男人。徐荣生可不是这样的人，徐荣生是一个富了也不会迷失本性的人。他一心一意地爱着自己。跟着这样的男人才会有安全感，才放心。王老汉还是有些疑虑："徐荣生真的有钱吗？"秀英说："爸，我怎么会骗你呢？我亲眼见到的，他有3张银行存折，一共有168万元，他主动要把存折拿给我保管，你说，我们又没结婚，我怎么好意思接手呢？"听女儿这么一介绍，王老汉悬着的一颗心才稍稍落到了地。

晚上，徐荣生下班回家，见是未来的岳父大人来了，热情地招呼过后，就钻进卫生间洗漱去了。王老汉乍一见到徐荣生，不觉一愣：这人怎么这么老气啊，恐怕比女儿大十多岁吧？又转念一想，年龄不大又怎么成得了百万富翁？看看他穿戴得普普通通、朴朴实实的，给人以实实在在的感觉，这恐怕就是女儿所说的有安全感吧？

徐荣生安排在一家大酒店为王老汉接风。王老汉看着满满一大桌酒菜只3个人吃，不禁发问："这一桌菜怕要……100大元吧？"徐荣生笑了笑："不贵不贵，就500元一席！"王老汉咋了咋舌："嗬，那么贵！够我们农村人吃一年了呢！小徐，你虽说有钱，也要把日子过细点啊！"徐荣生不以为然地说："钱吗，纸嘛，花完了再挣就是了！"王老汉知道这是未来的女婿为表示对岳父的尊重，才舍得这么大方花钱，算是给足了他面子。他从来没见过这么丰盛这么体面的宴席，又有徐荣生和女儿的劝酒拣菜，也就领情地饕餮大嚼了一顿。

王老汉被准女婿安排在附近的一家招待所住了下来。因秀英和荣生都要上班，家中没法开伙，王老汉早饭和午饭都在招待所解决，晚餐才是被荣生叫到餐馆里一起吃。王老汉住得舒服，吃得开心，费用有人付，还不用劳力烦心，他一辈子都没过过这神仙一般的日子，不知不觉就过了一个多月。

王老汉是一个过日子精打细算的人，他知道住招待所的花销大，他是有意耐着性子住下去的。既然秀英找的男朋友这么有钱，他要考验考验荣生，到底会把他这个准岳父放在什么位置。

好日子哪能一人独享，在乡下的老伴知道了这个情况后，趁着农闲，也带着儿子赶来了。徐荣生又给他们在招待所开了一间房，二老同住一间，秀英的哥哥王铁蛋住一间，一家子都享上了秀英和她男朋友的福。

住了一段时间，王铁蛋当着父母的面提出要在"徐哥"的公司里工作的要求，徐荣生面露难色："我们公司里需要的是高素质的人才，你仅是小学文化，我们又是几人合开的公司，一个人说话做不了主。这样吧，我有一个朋友，开快餐店的，我推荐你去他店里搞外卖，他不会亏待你的！"农村人，只要有事干，哪还有什么好推辞的？王铁蛋爽快地答应了。

又过了一段时间，看看王老汉两老还没走的意思，徐荣生与王秀英私下里商量开了："爸妈他们住在这里，花点钱倒没啥，可我每天要用很多时间和精力应酬他们，很影响我的工作；如果光顾上工作这一头，怠慢了两老，又是对他们的不尊敬，我心里又过不去。秀英，我真是两难哪！"王秀英说："爸妈辛苦了大半辈子，大老远地来一趟不容易，就让他们多玩几天吧！"徐荣生见秀英这么说，也只得顺从地点了点头。

几天后，王秀英在上班时接到医院打来的电话，告知徐荣生突然晕倒后在医院住院。王秀英着急了，匆匆地赶到医院，还没弄清是怎么一回事，就莫名其妙地被医生训了一顿："你这妻子是怎么当的？病人身体那么差，怎么让他一个月卖了三次血？"王秀英被问得张口结舌，满身是嘴也说不清。

等徐荣生苏醒后，王秀英忙问究竟是怎么一回事，徐荣生像没事人似的说道："这有什么嘛，义务献血，是公民应尽的义务嘛！"王秀英知道他以往也献过血，可是一个月之内献上三次血她确实不知情。徐荣生解释道："我这个人的为人，你还不了解呀？看到那些因车祸失血过多的伤者，因难产大出血的产妇，如果不能及时输上血，就可能会失去生命。我作为一个身强力壮的男人，当然不能无动于衷了！"王秀英很为他的献身精神感动，但还是劝告他："你义务献血我不反对，但也要当心自己的身体，以后再不许你经常献血了！"徐荣生"嘿嘿嘿嘿"地直点头称是。

王老汉老两口在城里该吃的吃了，该看的看了，儿子也有了打工挣钱的地方，对这个准女婿也还算满意，他们准备回家了。临行前，王老汉向徐荣生发话了："荣生，我看你还行，我同意你和秀英的婚事。我们也没啥过高的要求，家里的房子实在破得不行了，铁蛋还要等着新房成亲，你就拿出10万元给我们盖座楼吧！"徐荣生猛听这话，不免一惊："手中虽说有些存款，但那是我们做生意的风险保证金，不好轻易动的。伯父伯母，我们做生意，说赢就赢，说亏就亏，没个定准，随时都得做好两手准备。这样吧，我明天去给老人家想想办法！"王老汉见准女婿这么不爽快，知道他没把自己放在眼里，脸色就难看得能拧出水来。

第二天，王秀英下班回家，一打开门，就发觉不对劲，一股浓烈的农药味直往鼻孔里钻，徐荣生歪倒在地上，口吐白沫，正在痛苦地挣扎着。王秀英吓呆了，弄不清是怎么一回事，她赶紧拨打了120。

徐荣生被救护车送到了医院抢救，王老汉老两口和铁蛋也闻讯赶到了医院。大家都弄不明白，家中日子过得好好的，徐荣生为啥要自杀呀？就是生意上遇上了什么麻烦，甚至亏了本，也不至于这样呀？徐荣生被送进急救室后，医院的费用催收单也到了王秀英的手里。王秀英一数身上的钱不够，救人要紧，她赶紧将家中的钥匙交给铁蛋哥，告诉他家中的存折放在什么地方，嘱咐他拿其中的一张金额最小的去银行取出5万元应急。

徐荣生快餐店的朋友刘老板也到医院里看望他来了。他看过还没脱险的徐荣生，走出急救室后不住地摇头叹息："这是何苦呢？这是何苦呢？"当他从王秀英那里了解到事情的经过后，将她拉到一旁，忍不住直言相告："唉，事情已经到了这个份上，作为徐荣生的朋友，我不得不告诉你们一些真相。你们不要再为难他了吧，他哪是什么公司里的经理？他只是一个仓储公司的搬运工！他这个人对人没说的，什么都好，就是太爱面子了，他为这个面子真是活得累！就拿王铁蛋在我这里搞外卖来说吧，全凭卖出盒饭的多少给王铁蛋定工资。他倒好，是他介绍来的，他担心王铁蛋这个未来的舅子挣钱少了自己没面子，就每月拿出200元钱让我加在王铁蛋的工资里，还叫我要对王铁蛋保密。真是死要面子活受罪啊！"

　　会是这么一回事？王秀英不相信："他怎么会不是公司经理？那他在银行里存有一大笔钱，是怎么挣来的？"刘老板苦笑道："这事我清楚，他是为了博得你的欢心，才找人制作的这几张假存单。他说过这存单只是挣挣面子，壮壮胆子，他是不会拿到银行里去的！"

　　什么？银行存折也会是假的？王秀英这才知道了徐荣生的口头禅"钱吗，纸嘛"的真正含义，原来他所谓银行存单，只不过就是一文不值的几张纸！这么说，他真的被这个害人的面子逼得在卖血？想到这里，她突然意识到了什么，不由惊叫了起来："糟了！"

　　等王老汉带着女儿的紧急嘱托，匆匆赶到银行制止铁蛋取款时，王铁蛋已稀里糊涂地被请到了派出所里。唉，这下他们怎么能说得清？

咫尺天涯

7年之痒，柳笛与刘扬的婚姻也没逃过这个劫数。

没等到7年，也就是结婚才3、4年的工夫，两人之间话就愈来愈少，以至到后来竟变得无话可说了。

他们应该是一个幸福的家庭，两个人都是大学本科毕业。刘扬在一家IT公司搞程序设计，柳笛在一家大型集团公司搞管理，俩人的收入都不菲，结婚不久就成为有房有车一族。婚后一年他们就有了一个活泼可爱的孩子。柳笛的父母虽然与他们住在同一城市，但要安享自己的晚年，不愿带这个外孙，就把乡下的婆婆接来照料孙子。有婆婆在这个小家庭打理，他们的日子可就轻松多了。

明明3岁的时候，进了幼儿园，接送就由老公刘扬负责。这个城市是座"堵城"，自己开车还没乘公交或骑车快，况且停车也是个问题，所以刘扬每天都是乘公交接送儿子。刘扬工作忙，每天接完孩子一回到家，就一头扎进他的书房，说是要继续工作，一家人都不能打扰他。

这天下班时，柳笛突然接到幼儿园老师的一个电话，说刘明没人来接，在幼儿园里大哭大闹。柳笛赶紧打电话给老公，却始终没人接听。她又打电话给老公单位，单位上的同事回答说刘扬准时去接他儿子去了呀！柳笛气极了，自己因有事抽不了身，如叫婆婆去，婆婆连路也不识，只得破例叫母亲去接，接回后就让明明待在外公外婆家里，她要好好教训一下这个不负责任的刘扬。

刘扬是晚上8点才回到家里的。一进门没见到儿子，瞧柳笛秋风黑脸的，情知不妙，赶紧赔不是："是我不对！单位有点事耽搁了，我去晚了，幼儿园已关了门！"柳笛没理睬他，一扭头转身去了卧室。

刘扬问母亲："柳笛真没去接明明？"母亲答道："她也刚回来呢，哪有时间去接明明？"刘扬叫道："糟了，明明到底到哪里去了？我得去找找！"刘扬急匆匆地出了门。

直到晚上11点过，刘扬才垂头丧气地回了家。这一晚，柳笛一下也没搭理他，刘扬辗转反侧未能入睡，俩人背靠背地过了一夜。第二天，刘扬坚持要报警，柳笛见不能再瞒下去了，才把明明的去向告诉了他。刘扬听后气炸了，想要发作却又出不了声。心想，我不就是在公交车上因与朋友用QQ交流，赶过了站，再回头到幼儿园时，幼儿园已关了门吗，这有多大的错呢，不至于死罪吧？何至于这么折磨我？这么跟我过意不去？柳笛想的则不同：我看你一天到晚神迷鬼倒的，该做的事不认真去做，该不是被哪个小姑娘迷住了吧？接明明这点小事你都办不好，你对家庭负了什么责？

他俩都按照自己的思维逻辑往各自这边想，思想分歧愈来愈大，吵过几次架后就再也没了言语，如有什么非说不可的话，也只有通过婆婆或明明转告。

过了一段寡淡无味的冷战日子后，柳笛憋闷极了，她向闺蜜周洁诉苦。周洁开导她："在老公那里得不到快乐，不如向朋友倾诉，在朋友那里找乐子吧。"

柳笛问："你又不在身边，我向谁倾诉？"

周洁说："可以上QQ呀！QQ上找志趣相投的朋友，什么知心话都可以说。"

柳笛回答道："我家就一台电脑，那烂泥老公一个人霸着用，我怎么上得了QQ呀？"

周洁笑道："你土了吧？我告诉你吧，现在已经可以在手机上上QQ了，我身边的朋友玩得正欢呢，到时候我手把手地教你！"

此时用手机上QQ聊天正是方兴未艾之时，还不能用语音和视频，只能靠指尖打字表意。柳笛学会了在手机上QQ聊天后，一回到家就沉浸在她的网络世界里去了。进入QQ后，她像打开了一扇通往外面世界的窗户，眼界一下开阔了。她在QQ上逢人便打招呼，与一些并不熟识的人交谈过一会后，话不投机，就各自拜拜了。谈得拢的，就多谈上几句；谈不拢的，懒得搭理。她也知道，网络上，戴着面具表演，各自存着戒心，很难觅到知音。

一段时间后，总算有几个走得比较近的朋友了，其中有一个网名叫"鸟宿山林"的与她相谈甚是投缘，她把他加为了好友。她的网名是"花开无主"，取其寂寞之意。"鸟宿山林"不也是一个寂寞的主吗？两人有差不多的境遇，有类似的苦衷，共同感兴趣的话题多，聊着聊着就有了亲近感，心里就觉得热乎乎的，就有一种相见恨晚的感觉。而身边这个所谓的老公，是个冷血动物，对她不闻不问，一回到家就躲进他的电脑室与他的程序亲热去了。

这天刘扬回家后终于开了金口，说他要到外地的一个合作单位出差，时间要一个月，要她在这期间接送一下孩子。柳笛头也没抬就回了他一句："不去不行吗？"

刘扬回答说："领导安排的，不去肯定不行。"

柳笛眼瞪得大大的，盯着刘扬："我去接送孩子？说得轻巧！我上下班顺路吗？我每天要绕一圈去接送孩子，我还上不上班？"

刘扬小心翼翼地建议："叫明明的外公去接送一下吧！"

柳笛急了："这个时候我爸妈正在海南度假，你是不是叫他们立即飞回来接送明明？亏你想得出啊！"

刘扬没言语了，但他仍坚持着去外地出了差。

后来柳笛了解到，刘扬出差是他自己争取去的，本来单位安排的是另一个人，他说他更适合担任这个项目，单位才临时换上了他。原来去出差是为了躲着她！还回家撒谎骗人！哼，你这么烦我，我凭什么还要稀罕你？这一个月，她没让明明去读幼儿园，就让儿子待在家里。现在的幼儿园，不是光玩耍了事，也要学习各种基础知识，也还要做一定的家庭作业。都说不要让孩子输在起跑线上，明明的功课耽误了这么多，他已经输在起跑线上了。柳笛为这事气鼓鼓的，她恨透了她的老公！

刘扬出差回来后不久，柳笛就冷冷地对他说："咱们还是离婚吧！"

刘扬大为不解："你我之间是有一些小矛盾、小误会，但都不是什么原则性的问题，通过沟通是可以消除的。不至于到离婚的地步吧？"

柳笛反问："这么久了，你跟我沟通过吗？"

刘扬解释："我找过你谈，你不是不理睬我吗？"

柳笛反驳道："哼，找我谈？你是人到心没到，身在曹营心在汉，每次都是猴急着要到电脑上去，是去找小姑娘打情骂俏吧？"

刘扬转守为攻："你怎么能这样说呢？那你一回家就低头专注在手

机上，根本不理睬我。你现在忙着要与我离婚，是不是已经找到下家了？"

柳笛反唇相讥："是喔，现在好男人到处都是，闭着眼睛随便抓一个都比你强！"

刘扬也不客气："好呀，只要你不考虑伤害到明明，你就给明明找一个后爸吧！"

柳笛态度十分坚决："就是因为要考虑到明明应该有一种良好的家庭教育，我才决定跟你离婚！"

婆婆在一旁听到这里，一下就联想到了他们如这样瞎整，孙子将会有一个不完整的家庭，这事如一把刀子戳得她心里发痛，她就无所顾忌地插上了嘴："离婚，离婚，离婚有什么好？"

柳笛回敬了她一句："好不好要看看你儿子的德性！"

婆婆反驳道："我儿子有什么不好？你就认为你那什么'鸟宿山林'好？我看未见得！"柳笛不由一愣：奇怪了，婆婆怎么知道我与"鸟宿山林"聊天聊得有了感觉？原来好几次婆婆打扫卫生从柳笛身旁经过时，无意中瞅见她与一个叫"鸟宿山林"的网友聊得正欢，神情那么专注，感情那么投入，还不时情不自禁地咯咯笑了起来，她就怀疑儿媳与这个人的关系不一般。今天见婆婆突地冒出这么一句，正击中她的痛处，柳笛不由大吃了一惊！

而更为吃惊的却是刘扬，他不是在吃醋，不是在愤恨，一听到妈提到"鸟宿山林"，陡地一愣，像见到外星人一样注视过柳笛一阵后，突然精神失常般地指着柳笛大笑了起来："哈哈哈哈！原来你就是'花开无主'啊？有趣，有趣，众里寻她千百度，那人却在——咫尺天涯处！"

犹如一个踢出的鞭炮，在刘扬处炸开后又被踢向了柳笛，炸得她一愣一愣的。老公说出她就是"花开无主"，他怎会知道自己的网名？柳笛不敢相信自己的耳朵，难道每天与她聊得十分投缘的"鸟宿山林"竟是身边这个冤家对头？怎么可能，现实生活与虚拟世界里竟是截然不同类型的两类人？是老公一人戴着两副面具？她得最后坐实一下眼前这个人的真实身份："花开堪折直须折，莫待无花空折枝！"这是"鸟宿山林"经常在QQ上对她说过的话，她得看看眼前这个人有没有反应。刘扬随即接上："两情若是久长时，又岂在朝朝暮暮？"完全对上了，这是她在QQ上对"鸟宿山林"的回答。这么说网上的"鸟宿山林"就是这个冤家了！怎么会是这样？怎么会是这样？两人对视了片刻后，稍一回味，像电源一下接通，脑子突然洞开，心底透进了一片亮光，猛然惊悟，都不由自主地向前迈出了一步，然后紧紧地拥抱在了一起。天涯咫尺，原来心与心的距离只隔着薄薄的一层纸！

演好一场戏

　　人民公园可说是老人们的乐园。不管是不是节假日，每天都有成群结队的老人们来到这里，乐器音箱一摆，圈子一围，就开始了活动。唱歌的，扯开嗓门大声地吼；跳舞的，甩开手脚尽情地蹦。喇叭声一浪高过一浪，每一个老人都在这里尽情地表现自己。已是人生的黄昏时节，他们要在这个难得的舞台上演好每一场戏。

　　也有闹中求静的地方，那就是公园里征婚的一隅。这个征婚场所也是多年前自发形成的。现在年轻人工作压力大，社交圈子小，很少能有自己对上相结上婚的。一些家里有大男大女的家长可着急了，他们三三两两来到公园，互通子女的信息，表达出替子女征婚的强烈要求。真是皇帝不急太监急，一般子女都不会随着父母到现场，有的父母甚至是瞒着子女来征婚的。他们将子女的基本情况和征婚要求写在一张纸上，挂在花坛的周围。如有意向的，双方的家长则约在一起，到更僻静的地方去交换子女的照片，仔细交谈。谈得投机，谈得满意，才有两家子女见面的可能。这个长盛不衰的婚姻超市，不知成全了多少对有情人。

在征婚超市一角的一张长椅上，这几天都坐着同一位老人。她来干什么？是来替子女征婚的？不是，不见她挂纸条，也没见她去约见任何人。当然也不是替自己征婚的。她叫刘淑清，50多岁，不是来征婚，却忧心忡忡地坐在这里。

这事说起来话就长了。刘大妈有一个女儿，叫王琴，今年32岁了，5年前到外地工作时交了个叫华欣的男朋友，两人感情很好。华欣工作很体面，人也长得帅气，刘大妈悄悄地见过他一面，感到很满意。刘大妈催着他们早点结婚，她好早点抱外孙。可女儿告诉她，华欣其实是有家室的人，他们在外地工作是因为感情寂寞才走到一起的，王琴曾答应过华欣，不会影响到他的家庭，回到本地后就各人回归到各人的生活圈子。可现在王琴已经陷进了感情的漩涡，她已深深地爱上了华欣，她要求华欣与妻子离婚，与她结婚。可华欣不答应，说他得维护自己的家庭，提出两人就此分手。王琴却坚决不同意，再说，刘大妈也迈不过这个坎。女儿交了个帅气的男朋友，左邻右舍都是知道的，现在没这个男朋友了，她怎么向别人交代呀？女儿付出的青春找谁赔呀？她来到征婚超市，内心其实很纠结，不知是该叫女儿坚持下去呢，还是该叫她斩断情丝从头开始？看着热热闹闹的征婚超市，她每天都在这里闷闷地想着心事。

这天，刘大妈邻近的一把长椅上来了一老一小两个女人，老的有60来岁，小的接近30，看样子是一对母女。少的一坐下，就嘟着嘴说："妈，我不嘛，我不能再这样稀里糊涂地过下去了！"老的翻着白眼愣了一下她，气呼呼地说："丫头，就是不叫你再稀里糊涂了，你必须跟他结婚！"女儿反驳道："结婚，结婚，他的老婆怎么办？他的女儿怎么办？"母亲恶狠狠地回答："我管他怎么办？他当初是怎么骗你的？他当初又是怎么承诺你的？他自作自受，活该！"女儿啜嚅道："可是，我们已经知道自己糊涂了，总不能再糊涂一生呀？"母亲更加振振有辞："就是呀，你应当机立断抓住机会，赶快与他结婚呀！不然以后就什么都捞不着了！"女儿无言以对，默默地流下了眼泪。

刘大妈开始时并无心听她们母女对话，可一听她们母女对话的内容，怎么与自己遭遇的情况那么相似呀，就留心听了下去。只是这位女儿坚决要和男友分手，不愿意再当第三者；而自己的女儿还在犹犹豫豫，不知是该进还是该退。听了母女的对话，刘大妈不知道是该赞成母亲的主张呢，还是该支持女儿的做法？

从那以后，刘大妈特别留意这对母女的动向，关心着她们的命运。可观察了好些天，再也没见这对母女来公园了，弄得刘大妈的心悬吊吊的。一个多月后，才见那对母女踽踽地走进了公园。仔细一看，又觉不对，母亲还是那个母亲，年轻人却换成了另一个姑娘。母亲两眼红肿，十分憔悴。姑娘扶着她，在长椅上坐了下来，安慰着大妈："大姑，想开些，咱们的日子还得过下去！我就是你的女儿，我会孝敬你的！"大妈却长长地叹了一口气："唉，都怪我啊！我不该这么苦苦地逼她啊！"

刘大妈感到奇怪，也有些吃惊，这次是主动前去关心此事了。柔柔一问，姑娘告诉她："表姐有些事想不开，跳楼……跳楼……跳楼自杀了！"刘大妈心内一惊：怎么会这样？怎么会这样？她心里惴惴的，安慰了姑娘的大姑几句，就匆匆离开了公园。

刘大妈回到家里，就接到了华欣打来的电话："伯母，是我错了，我向你们认错赔罪！但此事不糊涂都已经糊涂了，只能这样明智的处理！你劝劝王琴吧，她还年轻，凡事想开点，她会找到更好的意中人的！"刘大妈听华欣话中有话，忙问："王琴？王琴她怎么啦？"华欣答道："啊，伯母，你不知道吧？两个多月前，王琴就服安眠药自杀，幸亏送医院抢救及时才保住了命！"

刘大妈惊出了一身冷汗，赶紧见到了女儿，马上转变了态度："琴琴，我答应你，我不再逼你！赶紧离开这个负心汉！我以后天天到人民公园去替你征婚，一定要替你找到一个如意郎君！"

一场婚恋危机终于化险为夷。

你道刘大妈在公园里遇见那对母女俩会有那么巧呀？不是！原来，这是妇联维权组织下的一群志愿者导演的一场好戏。这群志愿者专门替那些婚姻出现危机的家庭进行道德和法律的援助，力图挽回一个个濒临瓦解的家庭。在王琴出现自杀行为后，华欣感到问题严重，可又无力回天，于是就向这个组织求助。

志愿者接到这单任务后，仔细分析了案例，认为婚姻中出现第三者，不能简单地用对与错来评判，它不单单是道德和责任问题，它后面牵涉到的是两个家庭的稳固和幸福。他们认为，靠正面劝说可能已经起不到什么作用了，弄得不好还会起反面作用。于是，他们精心策划，在刘大妈的身边，演出了一场活生生的因失恋而自杀的人间悲剧。由于他们是用心在演绎，用情在演绎，早已忘记了自我，不知不觉进入了角色，所以刘大妈一点也没怀疑他们是在演戏。

家丑也可外扬

　　祥和里小区是锦城的文明小区。这里的居民文明礼貌，团结互助，邻里关系十分融洽。

　　这个星期日下午是难得的晴好天气，太阳公公露出了久违的笑脸，小区里老老少少三三两两纷纷走出家门，来到室外，或聊天拉家常，或散步晒太阳，或吹拉弹唱跳坝坝舞，一派欢乐祥和的气氛。这时突然从中心广场侧边的一幢大楼前传来了"呼"的一声，又是"呼"的一声，紧接着就听见哗啦啦玻璃碎裂的声音。咋啦？难道是发生了地震？众人放眼一看，却见一名十二三岁的少年满脸通红、满头大汗朝着一个单元的底楼窗户狠踢着足球，像发泄心中的不满似的。两户人家的窗玻璃已经全部破裂，少年还不解恨，仍拼尽全力发疯般地将足球朝着两户人家的窗户踢去。如此小小的年纪，他有什么深仇大恨，要对这两户人家下此毒手？

众人纷纷向少年跑去，小区保安也闻讯赶来，赶紧制止他的疯狂行为。大家跑拢后发现，这不是住在5楼的刘志吗？著名的企业家刘向阳的孩子，很乖很听话的阳光少年，往日手臂上还佩戴着令人夸赞有着两道红杠杠的袖标，今日怎么一反常态，这么叛逆地做出令人不可思议的举动呢？大家问他为什么要这么做？他说："我家老刘不是很张狂很嚣张称他有钱吗？不是说有钱就什么事都可以摆平吗？我打碎了别人家的玻璃就叫他赔呀！"众人说，有钱也不能这样任性乱砸一通呀，这多野蛮多不文明呀！刘志哼了一声说："还讲文明呢，我家老刘在外包二奶多丢人现眼呀，他讲文明了吗？我就是要他尝尝家中有人丢人显眼是什么滋味！"

众人一听这话，仔细一品味，方才明白了是怎么一回事，多少有些理解小刘志为什么会有这么出格的举动了。大妈、大爷都耐心地教育他、开导他，说父亲有错误也不能做出这种过激行为。可刘志仍是昂着头撅着嘴不服气。人群中有人小声嘀咕说他是问题少年，他翻了翻白眼，满不在乎，很是不屑："我才不是什么问题少年！老刘才是问题——中年！问题父亲！问题男人！总之是一个有问题的人！"

这时刘志的母亲王雅琴刚好从外面回来，看到现场一片混乱弄清了是怎么一回事后，赶紧向两家住户的业主道歉："对不起，都是我们的错，我一定会赔偿你们的损失！我没教育好孩子，我有责任！"说着拉着孩子，脸红一阵白一阵的，逃也似的离开了那里。一场风波才这样平息。

王雅琴的家本是一个模范家庭。丈夫是一个优秀的民营企业家，每年都要拿出一定的资金做社会慈善事业，深受群众的夸赞和敬佩。王雅琴在政府机关当公务员，勤勉廉洁，多次被评为先进工作者和三八红旗手。女儿刘倩读大一了，是学校的优秀班干部。刘志刚初一，年年都被评为学校的三好学生，还当上了少先队中队长。当然，两姐弟过去在成长过程中也出现过一些问题，学习上不上进，消费上爱与人攀比，父亲就领着姐弟俩到农村里去生活了一个多月，回家后两姐弟就主动地改掉了这些坏毛病。这样一个令人称羡的家庭，怎么会发展到现在这个地步呢？

故事还得从20多年前说起。那时，王雅琴刚参加工作不久。一天晚上，她从同学家出来，经过一条僻静的小街时，一辆小面包车突然在她身旁停下，从车上下来了两个年轻人，猝不及防地抢走了她手上的包，还要拽着她往车上塞。就在这万分危急时，一个身材高大的小伙丢掉了手中的自行车，挺身上前，与两名歹徒展开了搏斗。两名歹徒被赶跑了，小伙却受了重伤。王雅琴将小伙送进了医院治疗，她则留在医院精心护理。在几个月的相互接触中，王雅琴逐渐了解了小伙的人品和经历，不由对小伙产生了敬慕之情。

这个小伙就是刘向阳，一个参军退伍进城务工的农民，长得高大英俊，为人憨厚诚实。不是英雄救美后以身相许的报恩之举，而是从心底喜欢上了这个正直朴实的青年，认为他可以托付终身，于是王雅琴与刘向阳建立了恋爱关系。王雅琴的父母在这个城市里身居要职，思想倒也开明，他们尊重女儿的选择。两人结婚后，刘向阳从推销建材开始，逐渐组建起了自己的建筑公司，最后定位在开发房地产的事业上。随着城市化进程的不断推进，他的房地产开发做得风生水起，事业蒸蒸日上，经济效益倍增。有了钱后，他也不忘回馈社会，不时用大笔资金捐助灾区，资助贫困学生，慰问孤寡老人，连年被评为优秀的民营企业家，不断受到政府和相关部门的各种表彰。

他的家庭也是十分美满和谐的。妻子知书达理，温柔贤惠，一双儿女也相当优秀。按说拥有这样显赫的社会地位和这么温馨的幸福家庭，他不应该在感情上出轨，坏就坏在一次酒后无德上。一次他的一个有业务往来上的朋友有求于他，在朋友一番狂轰滥炸的劝酒下，他喝下了8

两高度白酒。酒酣耳热之际，朋友替他开了房，并领来了一个妖艳的小姐。在酒精的作用下，他稀里糊涂地就和这个小姐发生了不应该发生的事。他清醒后明白是怎么一回事后万分后悔，好一阵捶胸顿足，觉得对不住自己的妻子，对不住自己的一双儿女。于是他鼓足了勇气向雅琴承认了这一切，表示今后再也不会犯这样的错误了。王雅琴倒也宽宏大度，表示只要改过自新就既往不咎。

妻子话是这么说了，态是这么表了，可刘向阳心中始终有一个结。为什么呢？他非常明白，他刘向阳一个失去父母靠爷爷养大的孤儿，孤身一人进城闯天下，能拥有今天的一切，离不开雅琴的支持，离不开雅琴父母这个家庭的扶助。他本来在雅琴和她的父母面前就有些自卑，现在又这么糊涂地走差了一步，心里就觉得理亏，所以心里就老觉得雅琴和她的父母因为他的这一次会瞧不起他，想与雅琴亲热也少了些勇气和热情，想说说心里的纠结和别扭也无从说起。久而久之，夫妻之间的关系就起了微妙的变化。

刘向阳在家中没有了心灵停泊的港湾，回家了无情趣，就在外面找找乐子。开初是与小姐们喝酒K歌泡脚洗桑拿逢场作戏，今朝有酒今朝醉，图一时的欢乐。后来竟上了瘾，干脆以烂为烂，在外租房包起了二奶。王雅琴的闺蜜知晓后，悄悄地告诉了她。王雅琴一听丈夫这个德性，心里很不是滋味，但她表面不发火不动怒不动声色，而是好言好语地劝告刘向阳，自己是一个公众人物，叫他注意一下社会影响，不考虑自己的妻子，也要考虑他们这一双儿女。刘向阳当面唯唯诺诺表示一定要痛改前非，可背后照样我行我素变本加厉。闺蜜就劝王雅琴对这样忘恩负义冥顽不灵的老公干脆离了算了，早离早翻身。王雅琴说离婚这句话，好说不好听。离了婚后刘倩姐弟俩就是单亲家庭，不利于他们成长，这无形的损失可就大了。她宁愿受委屈，也不能憋屈了孩子。

王雅琴尽管装着像没事人似的，但她心中的伤痛还是被细心的女儿刘倩发现了。刘倩不顾母亲的阻止，也不给父亲留面子，径自上前直言规劝父亲。父亲听见女儿的指责，十分尴尬，表示一定要改正。此后刘向阳的放荡行为确实有所收敛，但不久却又死灰复燃，甚至变本加厉。妻子和女儿又多次找他谈话，但都收效甚微。考虑到家丑不可外扬，母女俩都隐忍着，拿刘向阳没辙。

这件事全家人就只瞒着小志，因他年龄太小，又正处在青春逆反期，担心他知道这件事后会影响学习，或做出什么过激行为。刘志起初只是觉得有的同学看他的眼色怪怪的有些异常，待他抓住几个同学刨根问底时，对方总是闪烁其词说半句留半句，让他云里雾里的。今天在足球场上，他因为一个球与对方的几个队员争吵了起来，对方按捺不住心中的怒气揭了他父亲的老底，说他爸在外给他找了个嫩妈，所以他才这么牛气冲天，才这么不讲道理！刘志听后肺都气炸了，牙齿咬得格格响，冲上去就与对方厮打了起来。

被老师和同学劝开以后，想想老爸在外做出这么丢人现眼的事，让他在同学面前蒙受羞辱，他仍气愤难平，心想，老爸你一家之主都不给我们顾面子，难道还要让我们给你留块遮羞布不成？好吧，撕破脸皮就撕破脸皮，家丑也要外扬，我也就顾不了那么多了，我就要让老爸你也尝尝在人前出丑是什么滋味！于是回到小区就狠命砸起了邻居家的窗玻璃。

刘志的一番狂吼滥砸闹得惊天动地，好事不出门，坏事传千里，这影响实在是太大太大了，无异于在人们的精神世界里丢进了一颗原子弹，不仅迅速传遍了整个小区，还被人们绘声绘色地传向了城市的各个角落。刘向扬听说此事后受到极大的震动，感到自己的堕落给家人带来的致命伤害，不仅自己丢尽了脸，还让全家人蒙受了羞辱。他已意识到了问题的严重性，心里隐隐作痛，赶紧回到家，召集全家人开会。他诚恳地向家人道歉，并信誓旦旦地表示，他一定要痛改前非，挽回过去的损失，重塑整个家庭的形象。

王雅琴在一旁冷冷地观望，默不作声。刘倩委婉地表示："你能改得回来吗？我表示怀疑！"刘志一点也不留情面："你还是离开这个家，与我们断绝关系吧，省得我们在外面不好做人！"刘向扬看儿女们都不相信自己，心底不由涌起一阵悲哀，他摇摇头两眼湿润，长长地叹了一口气，猛然起身从厨房里拿出一把菜刀，举起菜刀就要向自己的左手腕砍去："我现在断一只手，让你们看看我改正错误的决心！如果再犯老毛病，我就从这个世界上消失！"王雅琴眼疾手快，一把从丈夫手中夺过了菜刀："我们信你！我们信你！"刘倩和刘志被眼前的情景吓呆了，心内一震，眼泪夺眶而出，也表示相信父亲这一次是触动了灵魂，动了真格，他们相信父亲定会改正。

从那以后，刘向扬像变了一个人似的，再也不在声色场上晃荡了，一个心思扑在打理事业和热心公益及经营自己的小家庭上。一年后，他们又重新获得了模范家庭的称号。

家丑也可外扬，是小志的这一剂猛药让父亲又重新找回了自己。

花草丛中有毒蛇

清晨，一名环卫女工打扫清洁时，发现路边的景观小花园里有一团鲜艳的衣服。走近一看，却是一位漂亮的妙龄女郎躺在那里。早晨温度这么低还在这里睡觉，难道是喝醉了酒？环卫女工推了推年轻女子，不见回应，仔细一观察，不由大叫了一声，原来年轻女子已经死去。

环卫女工赶紧报了警，不一会一辆警车呼啸而至。刑警队郑鹤鸣警官带着两名警员和法医来了。此时已有一些路人在路边围观，现场拉起了警戒线。接着是勘察现场，查验尸体，给死者拍照等。经法医初步判定，死者死于蛇毒，小腿上留有两个小红点，很可能是被一种剧毒的眼镜蛇咬伤的。此处属城郊，没有摄像头监控，死者是怎么走进了路边的花草丛中，又怎么会被毒蛇咬伤的，就不得而知了。

此时人群中就有人议论开了："那不是政府办公室的小柳吗？怎么会死在这里？""就是，就是政府里的那个美女，死得真可惜！"人们所说的小柳，人长得十分漂亮，歌唱得好，曾在县里的红歌大赛里得过大奖，她的知名度可不小。郑鹤鸣见有人认识死者，赶紧叫来死者所在单位的办公室主任前来确认。

办公室主任杨青云急匆匆来了，刚到路边，望见躺在草坪上的死者就嚷开了："就是，就是我们办公室的小柳，柳絮飞！唉，这么年轻就死了，太不幸了！"据杨青云介绍，柳絮飞今年24岁，两年前大学毕业考上了公务员，进入了县府办公室。她工作能力强，人缘关系也好，深得领导的赏识。她怎么会这么不小心，一个人跑到郊外被毒蛇咬死了呢？

柳絮飞死得有些蹊跷，郑鹤鸣提出要到柳絮飞生前工作和生活的环境去看看，以进一步查明她的死因。杨青云表示欢迎。郑鹤鸣就坐上了杨青云的轿车，先一起到了县府办公室，然后又去了柳絮飞的宿舍。

第二天，县城各显要位置，以及柳絮飞倒卧死亡的现场，都贴出了县公安局的一纸公告：鉴于近日县城东北角路边鸟语小花园里发生了毒蛇伤人事件，特告诫人民群众近期不要到此逗留游玩。为了消除隐患，保障人民群众的生命安全，特悬赏捕蛇能人前往鸟语小花园捕捉伤人毒蛇。如能捉到此毒蛇者，将奖励人民币5000元。

重赏之下必有勇夫，悬赏公告贴出不久，就有不少人到现场一试身手。会捉蛇的，不会捉蛇的，看稀奇的，各路人马都来了。现场的警戒线一直没撤，协警日夜守在那里。既然是悬赏捉蛇，警戒线内一次只许一人进去。进去的能人先是信心满满的，可绕着小园子转了几圈连蛇的影子也没见到后，只得摊摊手摇摇头遗憾地走了。后进去的人也好不到哪里去，有的人似乎在草丛中发现了蛇的踪迹，还煞有介事地用棍子在草丛中赶来赶去，可最终还是两手空空，也只好垂头丧气地离去。这样的情景持续了两三天后，前来一展本事的"勇夫"就愈来愈少了。

这天又来了一个捕蛇人，叫刘二顺。他不慌不忙地在小园子里低着头走了两圈后，就十分肯定地对协警说："这园子里没有蛇，更没有毒蛇，你们这个悬赏公告还是撤了吧。"冲他这么自信的回答，他被恭恭敬敬地请到了郑鹤鸣的办公室。

郑鹤鸣问他："你凭什么说鸟语园没有蛇？"

刘二顺答："凭什么，凭我几十年养蛇、捉蛇的经验呗！再说，现在搞城市扩建好多年了，这地方即便有蛇也早已被赶跑了。"

"你说得那么肯定？"

"是的。如果你能在这里找出坨来，我愿倒赔5万元！"

"可是，为什么柳絮飞却是在这里被毒蛇咬死了呢？"

"她是被蛇咬死的，不一定是在这里被蛇咬死的呀！能让我看一看死者的伤口吗？"

"可以。"

郑鹤鸣拿出了柳絮飞小腿上被蛇咬的照片。刘二顺端详了照片一会指出，这确实是被一种有毒的眼镜蛇咬伤的，而且咬伤柳絮飞的这条眼镜蛇，很可能曾经是他豢养的。一听说这蛇出自刘二顺的手，郑鹤鸣的兴趣一下上来了，忙问那条蛇去了哪里。刘二顺说："别急，别急，我可以帮你把买走这条眼镜蛇的人找到。"

很快，买蛇之人王三被请到了刑侦室。郑鹤鸣问他为啥买剧毒的蛇，这条毒蛇去了哪里？王三起初耍赖，说："什么蛇呀，我不知道。"郑鹤鸣说："你别不知道，蛇跑走了伤着了人你可是要负责的。"王三忙说："没跑没跑，我有风湿病，买条毒蛇泡酒喝。"郑鹤鸣提出要到他家去看看毒蛇泡的酒，王三这才慌了神，交代出他是帮李华强买的蛇，得了李华强给的10C元好处费。

李华强的回答却令人失望，他说他把这条蛇炖来吃了，不可能跑出去伤人。郑鹤鸣知道他在骗人："说假话了吧？无毒蛇又营养又便宜，你会去买一条又贵又危险的毒蛇来吃？再说，你要吃蛇不可以自己去买呀，为什么要多出100元叫别人去买呢？"

李华强辩称："你不知道，我就喜欢吃毒蛇，毒蛇肉就像河豚一样，有一种独特的美味。我爱吃蛇肉，又懒得动身，所以就叫王三去帮我买啰。这有什么错吗？"

郑鹤鸣冷冷一笑："如果真是这样，你吃的又是人工饲养的蛇，本没有错。但如果蛇从你手里跑出去伤了人，或是替人作伪证，可是要负法律责任的哟！你掂量掂量吧！"

经郑鹤鸣再三交代政策，李华强终于说出了实情。原来是他表兄杨青云委托他买的毒蛇。表兄叮嘱他，这条毒蛇有重要用途，千万不可让外人知道。是表兄委托的事，他当然要尽心尽力地去办啰。

杨青云，就是那个政府办公室的主任杨青云，死者柳絮飞的顶头上司。这还不明白吗？杨青云欲置柳絮飞于死地，于是就买毒蛇咬死了她，造成柳絮飞在花草丛中被咬死的假象。可杨青云为什么要害死柳絮飞呢？

杨青云交代的是，他得有一个难言之隐的怪病，需提取蛇毒来治疗，自己不好意思去购买，所以就委托表弟去帮他办理。那天柳絮飞晚上到他家里送一份急件时，这条蛇不小心从笼里跑了出来，咬了柳絮飞一口。蛇毒迅速发作，柳絮飞死在了他的家里，他怕担责任，情急之中就把柳絮飞的尸体抛到了鸟语小园子里。他这是过失杀人，他现在后悔极了。

郑鹤鸣严肃地警告他："杨青云，你作为政府的公务员，是很懂政策的，你就老老实实地交代问题，不要跟我绕来绕去了吧！我可以明确地告诉你，柳絮飞不是死在你家里，而是死在你的小车里，而且死之前，你还给她喝了放了安眠药的饮料。这是过失杀人吗？"

　　杨青云一听此话，不由大惊，额上冒出了一层密密麻麻的汗粒，他赶紧交代出事情的真实过程。

　　原来，柳絮飞一来到县府办公室工作，杨青云就被她的美貌吸引住了。柳絮飞刚参加工作，一心想在政府机关站稳脚跟和求得仕途上的晋升，就有意无意地和顶头上司杨青云套近乎。一来二去，两人的关系就显得密切和暧昧起来，终于有一天突破了道德防线，两人抱在一起发生了不正当的关系。柳絮飞成了杨青云的情人后，就不断地提出要给她有个交代，要杨青云与老婆离婚，和她结婚。而杨青云是外面彩旗飘飘，家中红旗不倒，他依然爱着妻子。况且，组织部门正把他作为副县长的后备人选重点培养，此时他怎么能与妻子离婚呢？

　　柳絮飞见杨青云迟迟没有动静，就加紧催逼，并且扬言说如果杨青云还不离婚，她就要将他们的事告到纪委。这个时候杨青云才感到事情的棘手了，弄不好柳絮飞会毁了他的前程，他决心快刀斩乱麻摆脱柳絮飞的纠缠。无毒不丈夫，他以前曾养过一段时间的蛇，于是就想出了神不知鬼不觉地用毒蛇咬死柳絮飞的计谋。

　　这天，乘妻子出差的时候，他把柳絮飞叫到了家里，两人温存了一番后，杨青云递给了柳絮飞一杯预先放有安眠药的饮料。柳絮飞喝完饮料后，杨青云提出出外兜风。柳絮飞在杨青云的小车里昏昏睡去，此时杨青云就放出了毒蛇，毒蛇已经又困又饿被关了许久，一出牢笼就一口向柳絮飞裸露的小腿咬去。柳絮飞蛇毒发作死去后，为了转移视线，杨青云就将她抛在了城郊的小园子里。

　　其实，郑鹤鸣早就怀疑上了杨青云。事发当天，杨青云到现场辨认死者，远远的就说是柳絮飞，这么重大的事怎么不走近仔细辨认？这说明杨青云早就知道死者是谁了。郑鹤鸣借故上了杨青云的车后，发现车上的硬塑坐垫与留在柳絮飞腿上的印迹一致，这说明柳絮飞死前曾坐过杨青云的车。至于说柳絮飞在鸟语小园子被蛇咬，这里面本身就存在很多疑问。这个小园子地处城郊，只是路边的一个小景观，柳絮飞独自一人到这里来干什么？再说蛇的习性是比较安静的，吃饱以后就会独自蜷缩在一隅不去惊扰和攻击路人。后来查出柳絮飞胃里有安眠药的成分，她如果是在小园子里睡着了就更不会受到蛇的攻击。况且，这地方有蛇吗？即便有蛇，本地也不出产眼镜蛇。所以他就初步推断小园子不是柳絮飞的第一死亡现场。为了验证他的推论是否正确，于是就发出了那份重金悬赏捉蛇人的公告。

犯罪嫌疑人杨青云故意杀人，去到了他应该去的地方。

花草丛中无毒蛇，花草丛中却闪现过堪比毒蛇心肠的人。

设个套子让你钻

春节前，王笃诚早早地预订了火车票，及时地乘上了回家的火车。他今年打工比较顺，靠着自己过硬的焊工技术，在一家汽车修理厂谋得了一份薪酬不错的工作，一年下来竟积攒了8万元的结余。临走时，老板再三叮嘱他，过了春节后一定要回来啰，来年还要给他涨工资。可他心里想的是，在外虽说挣得多，可照顾不了家庭，老婆孩子都经常念叨，希望一家人能在一起团团圆圆地过日子。他准备利用自己的技术，在家乡开一个汽修门店，自己当老板，挣多挣少都无所谓。他也在电话里征求了有见识有作为的侄儿王睿的意见，王睿说："你这个打算好呀，我看行，真有个什么，我还可以帮衬着你。"他在火车上闭目沉思时，就已经在憧憬着自己将来当老板的舒心日子了。

火车到达家乡省城的车站。虽说离家还有百多公里，但一出火车北站，随着拥挤的人流，一股乡音乡情就扑面而来。

还是家乡亲啊，还是家乡好啊，王笃诚不由精神为之一振。此时突然从身后边冒出一个精瘦的小伙子，用手肘碰了他一下，满脸堆笑地问："嗨，大哥，请问你是哪里人？"

"我是青神人呀。"王笃诚瞟了他一眼，不假思索地回答。

"嗨，巧了，我也是青神人，咱们是老乡呢。"小伙子热情有加地和他亲切地聊起了家常。小伙子自我介绍道，他叫霍仁，也是在外打了一年工，刚下火车要回家去。

走出火车北站广场，王笃诚就要往汽车客运站买回家的车票，霍仁一把拦住了他："咱俩也算是有缘吧，在火车上我就联系好了，我的一个朋友胡经理来省城办事，我要去搭乘他的顺风车，不如咱们一起去坐胡经理的车，不但快捷省事，还能省几十元的车费呢。"

王笃诚委婉地谢绝："不行不行！我可不是一个爱占便宜的人；再说，我又不认识胡经理，凭什么去搭他的车？"

霍仁轻描淡写地一笑："这算什么事呀？美不美，家乡水；亲不亲，故乡人嘛。咱们也算有缘吧，既是同路，又是家乡人，为什么不能去搭他的车？"

不管霍仁怎么劝说，王笃诚还是不愿去占这个便宜。最后，霍仁拍了拍胸口，断然地说："嗨，哥们，不用你开口求人，胡经理是一个热情爽快的人，他肯定会答应的！这事就包在我身上了！"

争执了一会，王笃诚想了想，毕竟是老乡，恭敬不如从命，也就半推半就勉强答应了下来。

两人边聊边往前走，走到了一条巷口，就见到了胡经理。胡经理大约40多岁，胖胖的，穿一件皮夹克，手里拿着一个公文包，显得精明能干有魄力。霍仁把王笃诚介绍给了胡经理，并说明也要和自己一起搭乘他的车。胡经理爽朗地一笑："行行行，都是乡里乡亲的，多一人又不挤，就一齐回去吧！"他们三人就一起往胡经理停车的地方走去。

走着走着，胡经理的手机响了，他赶紧接起了电话："唔，唔，啊，太好了！谢谢！谢谢！你可让我可以安心地过一个春节了！"回头喜滋滋地对霍仁说："大好事！真没想到，一个客户马上要付给我50万元的货款，我今天走得急，忘带卡了，把你的卡借给我用一下，暂时打在你的卡上，到家后你再转给我。"

霍仁满口应承："行行行！"说着就去翻找自己随身带的挎包，找了一阵，突然拍了一下脑袋："哎呀，我真糊涂！忘了！忘了这码事！临上路前担心卡在旅途中被挤掉了，就把卡快递回了家！咱俩都没带卡，这可怎么办？"他转而把眼光投向了王笃诚："要不，就先借借老乡的卡来用用吧！"

借卡用？这能行吗？王笃诚很犹豫。胡经理也放下了架子求起他来了："老乡，这没事的，卡用完后，还是交到你的手上，到家后，你将款转给我就是了！我还付你5000元的感谢费，绝不会让你吃亏！"

话都说到这个份上了，王笃诚只得拉开了自己的提包，从提包的里层摸出了银行卡交给了胡经理。胡经理拿着银行卡问："密码是多少？"

打款要密码，这不对吧？王笃诚提出了疑问。

胡经理解释说，一般接收点小额款项，是不要密码。可接收50万元这么大笔资金，就要输入密码才能打开账户，才能收到来款，这是银行新出的规定。

"你放心吧，我们坐同一辆车，办完事后卡就交到你的手上，到家我拿到我的银行卡后你再把款转给我。说句不怕你哥们生气的话，不是你不放心我，我还担心你有什么意外呢！"

收款要密码，银行会有这新规定？王笃诚将信将疑，犹豫了一会，还是把密码告诉了胡经理。

胡经理将银行卡还给了王笃诚："卡还是先放你那里吧，到要用时你再拿出来！"王笃诚又将银行卡放回了提包里的原位置。

三人走了一段路，胡经理似有所悟地说："哦，现在我有一批货在不远的地方，我看你霍仁像瘦猴一样没力气，还是王笃诚壮实一些，老乡能不能帮我一起去搬一下？"

王笃诚本也是一个热情乐于助人的人，见胡经理求人帮忙，也就爽快地答应了。他随身带的行李大大小小几个包，不便携带，就叫霍仁替他看着。

继续走了一小段路，胡经理又接了一个电话后对王笃诚说："哦，我的一个员工已经在货栈了，我和他一齐搬就行了，这事就不麻烦你了！你回到霍仁那里去吧，等一下我把车开过来接你们。"

王笃诚不紧不慢地走回放包的地方，包在原地放着，守包人霍仁却不见了。他似乎意识到了什么，赶紧打开提包一看，银行卡不翼而飞。这时他不仅没有惊慌失措，反而一阵冷笑，掏出手机打起了电话："喂，王睿，出来接我吧，让他们白忙活去，我们该回家了！"

王睿却在不远处向他打招呼："幺叔，把手机放下，往右看，我就在你身旁，一直在暗中替你盯着行李呢！"说话间王睿已来到了王笃诚跟前。

叔侄见面，来不及嘘寒问暖叙家常，王笃诚又一次催促说咱们该回家了，王睿说："别急，别急，我会用车送你回家的。好戏才开张呢！怎么会不看下去？"

王笃诚不解："怎么，就为了卡上那十元钱，就要白白地耽误我们回家的时光？"

王睿笑笑："我跟你介绍个人，你就明白了！"

王笃诚这才注意到，王睿的身后还跟着一个中年汉子。

王睿介绍说："他叫李实，是我们同村人，你不太认识。元旦前从外打工回家，下火车出站后，遇到了和你今天经历的几乎一模一样的骗局，他卡上的4万元被骗子刷得个干干净净。我知道他的遭遇后十分气愤，另一方面又担心你回家时再受同样的骗，于是就设计了由你配合演出的今天这场好戏。骗子可以设骗局骗我们，我为什么不可以做个套子让他们钻？可不能便宜了他们！幺叔，你说是不是？"

王笃诚点头称是，但还是有些不解："他们见卡上只有十元钱，难道还会回来找我算账呀？说不定早逃之夭夭了！"

王睿说："他们跑不了，在取款时就被捉住了！"

"这怎么可能？"

"因为那瘦猴一从你身边出现时，李实就认出了此人就是上次骗他的那伙人中的一个，我立即就打电话报了警，不仅公安知道了，银行的保卫部门也撒开网等着这一伙骗子呢。幺叔，等着吧，会有好戏看的！"

三人在路边的一个小茶馆里刚坐了一会，王睿的手机就响起来了，王睿接完电话后对两人说："这不，派出所民警通知我们去指证呢！"

三人来到了派出所，见到了靠墙站着耷拉着脑袋的4个人，李实一眼就认出了其中的2人就是骗他钱的一伙人，他控制不住自己的情绪，冲上前去一把抓住胡经理就揍，公安干警赶紧上前劝过了他，并安慰他，被骗去的钱这帮家伙会吐出来的。

经李实指认，胡经理和霍仁就是上次出面骗过他卡上钱的人，另外两人虽没出面，其实也是在做着暗中观察、相互联络和适时给胡经理打电话等营生。王笃诚也对骗子们做出了同样的指证。霍仁取款时落网后，胡经理是寻着钱的路子自投罗网的；另外两人则是民警责令霍仁给他们打电话，说钱到手了，叫他们前来分赃时被捉住的。还有一人闻风逃脱，很可能是坐镇指挥的头领。其实他们哪是什么经理和打工回乡的人，就是一个臭味相投勾结在一起，在火车北站一带专干坑蒙拐骗勾当的诈骗团伙。民警提醒大家，千万别被所谓老乡的甜言蜜语蒙蔽了眼睛，也不要贪占小便宜，出门在外，任何时候都要提高警惕。

从派出所出来，王笃诚和李实一起，坐上了王睿的小汽车，三人高高兴兴回家去了。

窨井孔支出的百元大钞

尤首前是一个街道上的混混。他初中没毕业就离开了学校，在社会上逛荡了几年，沾染了不少恶劣习气。他是大错不犯，小错不断，专干些打架斗殴惹是生非的事，街坊邻居见了他，都嗤之以鼻，没一个说他好的。见众人不拿正眼瞧他，他也就习以为常，以烂为烂，破罐子破摔了。父亲多次训斥他，要他活出点人样，督着他去找点事干。他推脱不过，硬着头皮去干了几天，不是喊腰酸背痛，就是嫌工资少了养不活人，此后再没一个单位愿接收他。老大不小的了，至今仍是一个赖在家里蹭吃蹭喝的啃老族。看他这个德行，人们就根据他尤首前名字的谐音，把他呼作"游手闲"，即是一个游手好闲的人。

尤首前还好赌博。但他没钱，也就不敢去参与有刺激的大输大赢。只是从家里死皮赖脸要上点钱的时候，或是偷偷变卖些家中物品时，才去打点小麻将。但他总是输多赢少，输了心里总是痒痒的，又思谋着怎样才能筹到下一次的赌资。

这晚，尤首前身上的80多元钱又被输得精光，他灰溜溜地从麻将馆出来。这是一条僻静的小巷，街灯十分昏暗，夜晚很少有人经过。见街头转角处有人烧着纸钱，他才猛然想起今天是中元节，父亲一早就嘱咐过他，叫他早点回来，好给逝去的祖先点炷香，烧烧纸钱，说这不是迷信，而是借这种方式寄托追思之情，不忘先辈的养育之恩。尤首前打起麻将来，就把这事给忘了，他急惶惶加快脚步往家里赶。

走着走着，忽见眼前有一小束红色的光影。他就前一看，原来是窨井盖上的小孔里插着一根细竹枝，这种细竹枝像是叉头扫把上折断的一截，细竹枝顶端裹着一小卷红纸。尤首前连走路做梦都想着捡钱，咦，这多像一张新版的百元大钞啊，难道是想睡觉就有人给递来了枕头，莫非真是有人给他送钱来了？他赶紧取下纸卷展开一看，呀，真是一张百元大钞，他高兴至极。唔，不对，他转念一想，今天是鬼节，莫非是一张冥币？他不由头皮一阵发麻，心里咚咚咚地直跳，想把钱扔掉又有点舍不得。他一阵小跑，跑到大街上灯光亮处，仔仔细细地把手中的钱翻来覆去瞧了个遍，再抖了抖，还真不是冥币，他又是一阵窃喜。

第二天，他还是不放心手中这张百元大钞，就拿到小卖部去买了一包廉价香烟。百元大钞经过小卖部老板仔细验过，把钱找补给了他，他这才把心放到了肚子里。晚上，他自然又到麻将馆逍遥自在去了。

打完麻将，他可没忘记头天晚上那种好事。来到窨井前，就特别留意。真是奇了怪了，守株待兔难道还会有第二次？又见窨井盖小孔里插着的细竹枝上裹着一张百元大钞，这就让他百思不得其解了。要说有人要开个玩笑，想在鬼节的晚上裹上一张钱，看有人有没有胆量要，他还相信。可这又第二次这么大方地放上一张百元大钞，就令人匪夷所思了。他仔细地观察那支细竹枝，发觉细竹枝像是从窨井盖下穿上来的，哎呀，莫不是……他心里一阵紧张恐惧，突然联想到了什么，虽然后背嗖嗖嗖直蹿起一股凉气，但他仍不顾会有什么后果，赶紧使尽全身力气，将窨井盖掀开。在微弱的灯光下，果然隐隐约约看见了一个奄奄一息的人，他赶紧打电话报了警。

警车呼啸而至，警察将窨井中的人救出，马上送到了医院抢救。随着病人身体和意识的逐渐恢复，受害人在警官跟前的哭诉，一桩惊天大案由此浮出水面。

窨井中救出的人是一个漂亮的女子，叫韩腊梅，今年35岁。她说，在工作中，她结识了一个朋友，叫马开匾，两人逐渐发展成了无话不谈的好朋友。后来马开匾看准了一个项目，认为发展前景很好，准备办厂大干一番。可办厂的资金不足，贷款又没资格，于是就向亲戚朋友借。他先先后后向韩腊梅借了30万元钱。开始一段时间，还能按期付上利息。可到后来，不但付不了息，打电话去催问，马开匾要么敷衍搪塞，要么干脆关机不接。韩腊梅几次找上门去讨要借款，马开匾总能找出一大堆理由诉苦，然后信誓旦旦地保证准能在半年之内还清她的借款之类。可过了几个半年，都不见他还一分钱，韩腊梅已经对马开匾完全失去了信任。

这天，马开匾主动打电话来，兴致勃勃地告诉她，他的工厂已恢复正常生产，前不久接了一个大单，挣了一大笔钱，他已经有能力还她的借款了。为了弥补这些年他对她的亏欠，他邀她一道去著名的风景区旅游，希望她把三张借款条都拿来，届时一并还清她的借款。韩腊梅听后高兴极了，多年的等待终于有了一个好的结果，她满口答应与他一道出外旅游。

他们在著名的风景区游山玩水，玩乐了几天。这天晚上，在宾馆里，马开匾说："明天我就到银行去给你转款，你把借条给我吧。"韩腊梅连想也没想就把借条给了他。马开匾又提议："我发现这里的一个发廊，头发做得很好，你去做做头吧，难得来一次，留个好的纪念。"韩腊梅也点头应允。

两人一道来到发廊，韩腊梅发现是在一条小巷内，条件并不怎样，既然马开匾都说好，那就是真有好的手艺吧。在做发型的过程中，马开匾要打电话，称自己的手机没电了，就要过了韩腊梅的手机，边打电话边走出了发廊。

做好了发型，两人一道走出了发廊。此时天空下起了小雨，韩腊梅打起了雨伞。马开匾用手抚着她的肩，领着她往小巷内走。走着走着，见前面地上有一块黄色的纸板，韩腊梅想要避开，却被马开匾硬带着踏了上去，谁知却是一脚踏空，跌了下去。她的身体本可以就势一弯，撑住洞沿不至于掉下去，但马开匾恶狠狠地一掌把她推下了窨井，接着一块窨井盖牢牢地盖住了洞口。

她一掉下窨井，听着窨井盖在头顶咚地一响，就知道是马开匾有意为之，是要置她于死地，要她不知不觉地自然消失，他欠的债自然也就算还了。好阴险毒辣的人！这个窨井有3米多深，水深就有1.7米，一般人掉下没人救援必死无疑。但她不甘心就这么死去，她在污水中不停地蹦跶，终于触碰到井壁50厘米高处有一个窄窄的平台，她于是站上了这个平台，头部露出了水面，才使她暂时躲过了鬼门关。

听着地面上窨井盖周围不停有人走动，还不时听着窨井盖上有砖头敲响，她知道这是马开匾在监视着她，看她有没有活着逃走的可能。她屏住呼吸不敢作声。一直到夜深了，马开匾才离开了这里。

她泡在齐腰深的水里，臭气熏得她难受，她知道，再这样下去，就得困死在这里。她要活着出去，她要报仇雪恨，她得想办法往上攀援。

几经摸索，又发现一根水管从窨井壁穿过，她又踩上了这根水管，伸伸手，离窨井盖仍有一段距离。怎么办？怎么办？难道她就只有在这黑洞里等死？

终于等到路面上有人走动的脚步声了，她大声呼喊："救命！救命！"可没人能听见她呼救的声音，只能任由脚步声愈走愈远直至消失。

第二天晚上，又听见了窨井盖周围那熟悉的脚步声，又听到了砖头狠狠砸窨井盖的响声。这个挨千刀的恶魔，还不放心窨井内的人没有死去，韩腊梅咬紧牙关忍受着，但心中复仇的怒火并没有熄灭。又熬过了一夜，韩腊梅得另想办法自救了。她借助白天洞内极微弱的光线，依稀感觉洞顶一旁有一根铁管斜斜穿过，可她使尽了全身力气，就是够不着那根管子。她摸到了和她一起掉下来的折叠伞，就将折叠伞上的布罩拆下，将它撕成布条。又将身上穿的外套脱下，同样撕成布条，再将它们联成一根长带。借助伸出的伞柄，试了好几次，才将布带穿过了铁管，再挽成了一个结。她可以借助这根长带，将身体离开水面，靠在洞壁稍稍凸出的地方，做短暂的休息了。她又凭借这根布带，将身子尽力往上牵引，试图顶开窨井盖。可是不行，窨井盖太沉重了，此时她又极度虚弱，她已没能力将窨井盖顶开，她已陷入了绝望的境地。

她不甘心就这么悄无声息地死去，她自救的想法一刻也没停止。看着头顶上的两个窨井孔，她才想到应该把自己被困的消息从这个孔里传递出去。她在洞内摸索着找到了一支细竹枝，枝头裹上了自己身上带的一张钱，几经试验，费尽周折，终获成功，于是就有了窨井孔支出的百元大钞那奇特的一幕。

公安局根据韩腊梅提供的线索，很快将犯罪嫌疑人马开圊抓捕归案。马开圊开始还想抵赖，但观看了公安人员从窨井中解救出韩腊梅的现场录像后，不得不低头承认了所犯的罪行。公安部门又联想到网上最近通报的几名女性莫名其妙地失踪的案件，几案合并，追踪和审讯出也是马开圖为了毁债丧心病狂所为。很可惜，这几名女性都无辜地惨死在了窖井里。

尤首前在破获这桩大案中起到了至关重要的作用，受到了公安部门的嘉奖。一生中受过的批评和指责无数，已习惯了在人们面前低头做人的游首前，第一次在大庭广众下得到了表扬，还是来自有权威的政府部门的表扬，他觉得脸上很有光彩。从此人们再也不用蔑视和嘲弄的眼光看游首前了，他连走路也挺起了胸，抬起了头。此时他才开始觉得，他也可以成为一个有用的人，他对自己充满了信心。很快，他就找上了一个派送快递的工作，每天高高兴兴充满自信地去上班，他过得很充实，俨然脱胎换骨变成了另一个人。

韩腊梅完全恢复健康后提着一袋礼品来答谢游首前，尤首前忙摆手摇头拒绝："要说谢，我还得谢谢你呢！你可知道，我在无意中做了好事的同时，也拯救了我自己，使我成为一个有用的人！"

绝
症
不
绝
情

　　林刚患重病住进了医院，妻子袁媛在病床前安慰他，说："只不过是腿骨上长了一个小瘤，良性的，割了就没事了。一个小手术，没什么担心的，我们娘儿俩还等着你出院后一道去爬峨眉山呢。"林刚知道妻子是在宽他的心，但还是微笑着感谢她。沉默了一会，他不无忧虑地说："得了绝症我倒不怕，我担心的是这么高的医药费到哪里去弄呢？"袁媛说："你放心好啦，医药费我自会想办法。家中虽说没存款，但你有好几个兄弟姊妹，我也有两个弟弟，平时我们都相处得很好，这种时候了，我不会去找他们凑呀？"

　　林刚手术苏醒后的第一个动作，就是赶紧摸自己患病的左腿，裤管里却是空空的，他猛然一惊："天那！我的左腿呢？袁媛，袁媛，这究竟是怎么一回事？"袁媛忙凑上前来解释："医生剖开大腿后，看到你腿骨上的肿瘤位置长得很特殊，征得我的同意后决定进行截肢。截了肢，肿瘤就不会转移和复发了！"林刚气急败坏地拍打着床板："怎么会这样？怎么会这样？你怎么能擅自做主……擅自做主啊——叫我今后怎么活嘛？"

值班医生听闻到林刚的大吵大闹声，赶紧来到了病房。林刚将一腔怒气冲向了医生："你们不是说我腿上长的是良性肿瘤吗？良性肿瘤为什么还要截肢？"医生说："当然是良性的了。良性肿瘤也涉及转移复发的问题，与其一辈子都担心着肿瘤会随时复发，倒不如一下子来个彻底根治——长痛不如短痛嘛！放心吧，不要把截肢看得那么严重，今后安上假肢照样行动自如！"林刚不服气地和医生大吵了一场，但最终还是被医生有理有据的道理说服了。

等妻子有事走出病房的时候，林刚问同室病友刘振东："你是老病号了，你说说看，我腿上的肿瘤到底是良性的还是恶性的？"刘振东反问："你是想听真话还是假话？"林刚说："当然是想听真话了。"刘振东说："好，咱俩都是病人，同病相怜，用不着谁瞒谁了。你想想看，你把腿都锯掉了，那还用说，肯定是恶性肿瘤。再说，住进这病房的，有几个是良性的？难道医生和家属的用意你还不明白呀？"林刚不由"哦"了一声。

失去了一条腿，林刚窝着一团火，这团火自然难免要冲着妻子发。袁媛脾气倒好，从不与他计较，不仅尽心尽力地照料着他，还随时开导他，说："失去一条腿算什么呀，以后安上假肢不就行了？再说，全家人还有5条好腿呢，即便你真的不行了，我也会照顾你一辈子的。"林刚气咻咻地不理她。

这天，袁媛对他说："儿子小舸患了重感冒，引起急性肺炎，在住院输液呢，妈照顾小舸没经验，我想去儿科医院照顾小舸几日。"儿子是林刚的心肝，他一听急了："儿子病了，你快去呀！还跟我磨咕什么呀？"袁嫒这才急急地往儿科医院跑。

几天后，袁嫒筋疲力尽地又重回到林刚的病房，一进病房，就遭到林刚一阵劈头盖脸的臭骂："哼，儿子重要，老子就不重要了？丢下老子不管，是不是希望我早死呀？"袁嫒没想到他会说出这等话来，欲要跟他争辩，却又张不了口，眼泪唰地一下就流了下来，哽咽着说："都重要，都重要，你们爷儿俩都是我的心头肉，少了哪一个都不行。"看着妻子一张憔悴的脸上满是泪痕，林刚也感到自己太过分了，直责怪自个咋就控制不住情绪。

眼看着林刚的病情一天比一天稳定，袁嫒跟他商量，她的工作耽误了一个多月，她想去上班了，让妈来照顾他。林刚想想妻子是该去上班挣钱了，不然借的钱咋还得清？也就点头同意。妻子去上班后，开始每天下班后还来看看他，后来来的次数愈来愈少，林刚不免又憋着一团火。

这天傍晚，袁嫒来到病房，穿得齐齐整整，还化了妆，林刚一见，气不打一处来："是要出去勾引男人呀？"

袁嫒小心翼翼地回答："我不是跟你说过的吗？我晚上要去酒吧打一份工，现在也就这十来分钟的间隙，我抓紧时间来看看你。"

"哼，打工，借口吧？老子成了这个样子，你耐不住寂寞了吧？"

"看你瞎说些啥哟，你老婆是那样的人吗？"

"过去不是那样的人，现在吗，就难说了！"

袁嫒没时间跟他争辩下去，委屈地紧抿着嘴，噙着泪花急匆匆地走了。

从此后，林刚就多了一个心眼，等袁嫒离开病房后，他就拄着拐杖，挪着身子，倚在窗前观察袁嫒的去向。这天，果然见袁嫒走出医院大门后，向一辆高级轿车走去。走近轿车时，穿着高跟鞋的脚突然崴了一下，一个老板模样的中年人赶紧上前扶住了她，还亲热地给她打开了车门，扶她上了车。看两人亲密的样子，已不是一天两天的关系了。他见此情景，肺都气炸了，不住地狠狠捶打着墙壁。

第二天，等袁媛一走进病房，他就冷冷地发问："都有专车接送了，那人很有钱吧？"袁媛一听这话不对劲，赶紧解释："呵，是我打工酒吧的老板，他昨天车顺路，顺便捎了我一程。"林刚把眼一瞪："什么顺路？我看就是来专门来接你的！古时候的寡妇要改嫁，都还要等丈夫的坟干了后，等不及了才用扇子去扇坟。我还没死，你就等不及找野老公去了！你也太迫不及待了吧？"袁媛闻听此话，如遭一记闷棒，浑身发颤，脸色煞白，嘴唇不停地哆嗦着："你……你……你怎么这么不讲理？"情急之下，却什么道理也讲不出来，只得掩着面啼哭着跑出了病房。

病友刘振东见林刚怒气未消，就提醒他不要伤着了自己的身子。待他的情绪稍微缓和些后，就慢慢地劝慰他："俗话说，久病床前无孝子，更何况夫妻？其实你妻子已经做得相当不错了，你就多担待点吧。"

两个病友聊了很久，愈聊愈投机，愈聊愈贴心。刘振东推心置腹地开导他："咱们得了这种病，要正视现实，要知道骨癌很容易复发，复发后后果是很糟糕的，咱们就不要想那么多，快快乐乐地过好每一天吧。唉，我过去就太计较这些了，成天跟老婆吵，结果弄得两败俱伤，两口子最后还不是扯开了？想起来真后悔呀！为什么就不能让老婆好好地去过她的日子呢？你得了这病，你老婆那么年轻漂亮，对你还是可以的。我看你就高姿态一些，心胸不要那么狭窄，就由着她的选择，听之任之，放她一条生路吧。何必弄得大家都不愉快呢？"

病友的一席话，林刚虽然一时在感情上接受不了，但还是认为说得在理。在闲聊中，当他了解到就是这么康复性的治疗住院，每天也要花上200多元，不禁大为吃惊。他立即拿定主意，坚决要求医生让他出院。

医生看实在劝说不住，过了一个星期，终于同意他出院了。

回到家里，他要做的第一件事，就是去调查妻子跟的那个男人。他受到了刘振东一番话的启发，不是去报复那个抢他女人的男人，而是调查这个男人是不是图一时快乐搞的婚外情，品质怎样，可不可以托付终身。他考虑的是，绝症不能绝情，他确实应该风格高一些，在他离开这个世界之前，能看到妻子有一个好的可靠的去处，他才安心。他想让妻子在有一个新的归宿前，能看到一个全新的丈夫。

在母亲的帮助下，他在家里约见了调查公司的杜先生。他要求杜先生，在调查的过程中不能伤害到妻子，也不能让妻子跟的那个男人察觉，一切调查活动都必须在暗中进行。林刚预先向杜先生付了一半的调查费。

一个多月后，杜先生来到了林刚的家里，向他退回了预付款。林刚感到奇怪：难道杜先生被那大款男人收买了，不愿把了解到的真实情况告诉我？看林刚一脸的疑惑，杜先生解释道："我不能收你的调查费，原因有二：一是我没有按照你的要求去进行调查，调查的过程中所掌握的事实迫使我不得不找被调查人进一步了解情况；二是调查的结果完全出乎我们的意料，我觉得不应该收你这样人的调查费！"

杜先生说，他通过反复地跟踪调查，发现袁媛一天的时间紧张得很，她同时打了四份工，连走路都是一路小跑，根本就没发现林刚所说的跟男人的那码事。她正常上班的那个单位，每天必须干够8小时，每月只能得到1000元的工资，也就是说只够5天的住院费。而动手术的费用，两家的弟兄姊妹也都爱莫能助，全是袁媛一人想方设法到处借来的。这么沉重的担子，全压在了她一个人的肩上。她兼职了两份钟点工，每天中午一下班，就必须赶着到一家去忙完活计；下午下班，又急着到另一家去做完当天的活。晚上还得到酒吧去上夜班。她甚至忙得连吃饭的时间也没有，常常是拿着一个冷馒头在路上边走边啃。林先生，你想想，她同时打四份工是为了什么？还不是为了保证你能有足够的治疗费！

林刚听说妻子一人打了四份工，着实有些吃惊。但他指出，妻子与那大款男人关系密切，却是事实。杜先生说："不，你错了，你说的那男人是酒吧里的老板，你妻子和他没有你所说的那种关系。酒吧老板这么热情地帮助你妻子，完全是因为老板夫人的吩咐。告诉你吧，你妻子下午做钟点工的那家女主人，就是酒吧老板的老婆，她和你妻子很谈得来。当她了解到你妻子家面临的困难时，就想要帮助你妻子，但你妻子又是一个非常要强的人，不愿意接受别人的施舍，于是她就介绍你妻子到她老公的那个酒吧里去打工。你看吧，这是你妻子和女主人的照片，这是你妻子每天四处打工忙碌工作时的情景。"

林刚接过了一摞照片，见到了妻子打工生活的艰辛场景，泪水不由模糊了双眼，他狠狠地捶打着自己的大腿："哎，我真浑，真不是个东西，冤枉了多好的妻子！"杜先生接着说："你还有更浑的呢。你妻子这么拼命地打四份工攒钱，除了要还清你的医疗费外，她还有更长远的打算，还准备给你买一台电脑，考虑到你今后康复后，即便腿脚不灵便，也可凭聪明的大脑和灵巧的双手谋到一份职业！"

林刚满以为自己心胸开阔，处处为妻子着想，是一个得了绝症不绝情的男人，哪知道妻子才真正是一个丈夫得了绝症自己不绝情的绝好女人！绝症不绝情，他这下终于明白自己该怎样去做了！

说你有病你就有病

王娟放暑假回到家，看到妈妈面黄肌瘦，还成天里里外外忙个不停，不禁心疼不已。她知道自爸爸打石头遭遇岩崩去世后，妈妈是太劳累太辛苦了，不仅要把地种好，还要想方设法挣钱供她读大学。一个单身农家妇女含辛茹苦把女儿供到了大三，真不容易哪。

王娟见妈妈皮肤发黄，连眼睛也变黄了，担心妈妈有肝病，就要妈妈到医院去检查。妈妈说，我哪里有什么病？只是劳累了，又晒了毒日头，你不信让我像城里人那样养上半个月，保证养得又白又胖的。王娟见劝不过妈妈，假装生气地说："妈哩，我说你有病你就有病，你怎么不知道珍惜自己？"妈妈仍找出各种理由搪塞推辞，最后被女儿软磨硬泡得没法，才终于答应去村卫生室看看。

村卫生室的老医生仔细地看过周玉梅，告诉她得的是胡豆黄，得赶紧医治。周玉梅问大致需要多少钱，老医生说几十元就可解决问题。周玉梅犹豫不决："这个……这个……我没带那么多钱呢。"王娟知道妈妈心疼钱，赶紧借机把妈妈拉到一旁提醒她："还是到县医院去看看保险些，免得被误诊。我就你这么一个妈呢，可不能有半点闪失！"

周玉梅被女儿的孝心感动了，跟王娟一道乘车来到了县人民医院。肝病科的医生看过周玉梅后说，得查查血。待抽过血后，医生嘱咐得等化验结果出来后才能对症施治。因不便在城里久留，王娟把联系电话留在了村委会。

几天后，村委会主任告诉周玉梅，县医院来电话通知，说她患了乙肝，得赶紧住院治疗，带上3000元的住院押金。周玉梅一听惊呆了，她不是担心自己得的什么病，而是被这3000元的住院押金吓住了。她担心自己这一住院，家中的经济豁上一个大口子，女儿下一学期还能再读书吗？况且家中并没有这么多现金。王娟却坚持要妈妈立即就去住院，说她只有一年就大学毕业了，就可以挣钱养家了，眼下保住妈妈的健康才是最最重要的。女儿最终还是说服了妈妈。

王娟交上2000元钱帮妈妈办了住院手续。还差1000元钱，她押上了自己的学生证和身份证，把妈妈安顿好，就出去筹钱去了。

她找到了在综合市场练摊做小生意的二姨，见二姨正在求着一个中年人，说现在生意不好做，一天卖不了几个钱，求他下个月再来取货款。王娟见二姨也有难处，到嘴边的话又咽回去了，只告诉了她妈在住医院就匆匆走了。

她又来到了小舅打工的建筑工地，小舅告诉她，他们已经有3个月没领到工钱了。小舅去向工友们借，工友们也是一个个摇头爱莫能助。

晚上，二姨和小舅都到医院来看望妈妈来了。小舅带来了600元钱，二姨送来了300元，医院的住院费也就差不多了。王娟问小舅哪来的钱，小舅沉默了一会，才说出你放心，不是偷来抢来的，下午他抽空去了一趟血站，卖了血。有几个好心的工友也捋着袖子要为他抽血凑钱，被他挡住了。看着弟弟妹妹们为她做的一切，周玉梅的眼睛禁不住湿润模糊了。

周玉梅这是平生第一次住院，躺在病床上，每天吃药输液，看着辛辛苦苦挣来的钱就这么如流水般地花去，心中真不是个味。她几次要求出院，对医生表示："我的病已经好了，我没有病可治疗的了！"主治医生赵颖和女儿都劝她彻底治好病再走，但她根本就听不进去。赵医生见病人不听她的安排，不由火了："谁说你没病？我说你有病你就有病！在医院里就得听我的！"此时女儿居然也帮着医生说话，周玉梅只得忍着心疼，极不情愿地留下了。

这天，王娟拿着处方去计费取药，收费处的工作人员告诉她，她交的住院费已经用完了，得赶紧续交才能继续医治。她有些吃惊，这才住院半个月呀，怎么3000元就花光了呢？这医院真是一张吃钱的大嘴！她得赶紧背着妈妈去筹钱。

向谁借钱呢？二姨和小舅那里她不好再开口了，她想到了她的同学。但假期里，同学们都隔得远天远地的，怎么能联系上呀？幸好她记有两个同学的电话号码，一个是刘刚，一个是李锐。刘刚家庭富裕殷实，李锐却要靠着勤工俭学才能维持学业。两位学友与她的关系都很密切，但她更与李锐谈得来。她明白两位学友都在追求她，她爱情的天平实际上暗中已向志趣相投的李锐倾斜。

王娟囊中已无打长途电话的钱，她来到二姨的店里借打电话。她首先拨通了刘刚的手机，刘刚倒很爽快："行呀，你告诉我一个账号，我马上就把钱打过来！不过吗……我还要……还要提一个合情合理的要求，你能不能……先把咱俩的关系定下来？"王娟迟疑了："这个……嗯……我说同学，你能不能不把借钱和这码事联系起来？"刘刚在电话里狡黠地笑了："我们本来就是有感情基础的嘛，又不是乘人之危趁火打劫！"王娟可不愿就范："容我考虑考虑！"

王娟接着要拨李锐宿舍里的电话，被在一旁的二姨挡住了："说说，到底是怎么一回事？"王娟只得把实情向二姨说了。二姨不同意她这个举动："向同学求援不妥。你如果接受刘刚的帮助，就意味着要牺牲自己的感情；你如果将此事告诉李锐，就会给李锐出一个难题。我看这样吧，你妈住院的费用还是由我想办法解决吧！"王娟却很固执："不，在这个关键时刻，我还是要看看李锐对我是啥态度！"

王娟不顾二姨的劝阻，仍是拨通了李锐的电话，李锐热情地表示："阿姨的病当然要治好才行！等着吧，我马上就去筹钱！"王娟立即制止："别别别，我知道你也挺困难的！作为朋友，我只是告诉你一下！你的态度就够我感动的！"李锐在电话那头一个劲地打招呼："王娟，别急，别急，我会想办法的！等着我呀！"

一个星期后，李锐带着5000元钱风尘仆仆地赶到了医院。王娟问他哪来这么多钱，李锐说，他打工的老板挺好，听他说遇到困难后，向他预支了三个月的工资，他父亲把耕牛也卖了来凑钱。王娟急了："你怎么能这样？家里没耕牛了怎么种地？你呀你——憨得可以！"李锐轻松地笑笑："不就是苦一年吗？明年我参加工作后，把家里的耕牛再买回来不就是了？"王娟态度很坚决："不行！二姨已帮着把住院费解决了，你得赶紧把家里的耕牛买回来！不然我不会依你的！"李锐只好留下了2000元钱。他问候了住院的周阿姨后，又急着赶回到他读书的那个城市打工去了。

没过多久二姨和李锐筹来的钱也用得差不多了，周玉梅又天天吵着要出院，此时医生已经松口说可以办出院手续了，王娟这才离开病室去为妈妈办出院手续。

　　二姨听说周玉梅出院，来到医院接姐姐。周玉梅跟二妹商量："家里已没有了住处，我已无退路，我准备在外租间房打工还钱。"二妹说："你怎么没有住处呀？你先回去把家里的事安顿好，再说以后的事吧！"周玉梅有些吃惊："怎么，你没有给我卖掉家里的住房？那我住院的钱是哪里来的？"二妹说："咱穷人的窝怎么能卖得？我把摊位转让出去了，这钱就挪出来了！"周玉梅急了："你呀你，没有摊位了你怎么做生意？"二妹不以为意："哎，活人还能给尿憋死？我摆地摊照样能养活人！"周玉梅感慨万端地抱着二妹，激动得说不出话来。

　　王娟办好了出院手续。为方便妈妈今后治疗，她到主治医生赵颖那里去索取妈妈出院前最后一份血清化验单，想复印一份给妈妈备案。赵颖拿出周玉梅的病历翻找，王娟无意中瞟见了妈妈入院前化验的那张单子，她伸手从中抽出一看，见化验单上的转氨酶为121.30，可电脑打印的数字前有一个明显的用钢笔添加的"1"字。电脑打印的数字怎么会出现手写的笔迹呢？她再看看出院前的这一张化验单，转氨酶为42.6。她知道，正常人的转氨酶应为0至40，妈出院时的转氨酶仍是偏高。她对入院时那张经笔添改过的化验单不禁产生了怀疑，就不露声色地对赵医生说："两张化验单我都拿去复印一份。"赵医生并未在意，同意她拿去复印。

　　王娟来到了化验室，借口入院时那张化验单有些模糊，要求重新打印一份。化验员迅速从电脑里调出打印了一份交给了她。王娟不看不打紧，一看真气炸了肺：这张化验单上妈入院前的转氨酶竟是21.30！也就是说，妈的转氨酶很正常，并未患乙肝，却被欺瞒着住了一个多月的院，花了一万多元冤枉钱，反把没病治成了有病！一个农村贫困的家庭，这钱来得容易吗？这可是小舅体内的鲜血，二姨赖以糊口的摊位，男友家寄托着全家希望的耕牛，自己新学年的学费啊！

王娟把三张化验单都复印好了留作证据，气愤难平地来到了医生办公室，把三张化验单往赵医生办公桌上一摆："赵医生，你说说，究竟是怎么一回事？"

赵颖见铁证如山，怔愣了一下，哑口无言了。过了一会，她反倒诉起苦来了："唉，我是有口难言那。我们肝病科是利主任承包了的，他给我们每个医生都下了定额任务，完不成定额就要扣工资！你说我该咋办嘛？"

王娟反唇相讥："这么说，你们昧着良心坑害病人还有理了？"

赵颖做出一副无辜的样子："小妹妹，你别说，我还真有点良心，你妈只是得的胡豆黄病，我没想让你妈住院。是包主任添改了你妈化验单上的数字后，硬要叫我通知你妈入院的。我才是真正冤枉哪！"

王娟见与赵医生辩说不清，她当即决定，哪怕休一年学，也要运用法律武器把这场官司打到底！

车祸断迷情

　　王阳明遇车祸昏迷一百多天后，终于翕动了几下鼻翼，睁开了双眼，醒过来了。照料他的朋友及属下钟鉴，将这一喜讯用电话告诉给了他的家人。可王阳明的妻子却不冷不热地说："醒过来就醒过来吧，这些天公司里的业务忙得很！有你照看阳明，我很放心！"

　　几天后，王阳明已经能下床行走了，他向钟鉴提出要出院回家的要求："叫正英来接我吧，这几天怎么不见她的人影？"

　　叫李正英来接王阳明？钟鉴感到吃惊："王总，你怎么啦？正英姐已经不是你的妻子了，她怎么会来接你？"

　　王阳明不解地反问："钟鉴，开什么玩笑，正英怎么会不是我的妻子？亏你说得出来！你不是当过我们的证婚人吗？我们俩是患难之交、生死夫妻，感情深得很呢！"

　　是的，李正英已不是他的妻子，只是他离了婚的前妻。王阳朋和李正英出生在同一个乡的两个村子里，初中时是同班同学。李正英初中毕业后就辍学进城打工去了。王阳明雄心勃勃，想读完高中考上大学，借此结束他面朝黄土背朝天的贫苦日子。谁知命运偏偏跟他作对，他连续参加了两年高考，都因几分之差而名落孙山。

看着日渐衰老的父母亲，他不好意思再考下去了，就来到了省城成都谋求出路。先是在一家建筑工地打工，活很苦很累，挣的辛苦钱还常常被拖欠。后来又到一家仓储公司当搬运工，却时时受到别人的欺负和歧视。一气之下，他辞职跑到人才市场，终于找到了一份体面的推销员工作。在他交完身上仅有的600元押金，准备到公司上班时，公司老板却卷款外逃没了踪影。好不容易挣来的血汗钱被人骗走，他懊恼万分，饿着肚子在街头徘徊了3天，考虑着是该跳府河以泄心中的气愤呢，还是认命重回父辈们生活的穷山村。

落魄之时，他意外地撞见了李正英。李正英了解到他的处境后，向他伸出了援手："到我的服装店来试试吧，你要觉得合适，就留下来一起干；你要想自己干其他的事，我先借给你启动资金！"

于是，王阳明来到了李正英的服装店，帮着李正英料理服装生意。李正英的服装店是一间不起眼的小店，当时服装行业竞争十分激烈，要生存下去也很不易。王阳明吃得苦，又有文化知识，头脑精明，市场什么服装行销，他就昼夜不停地跑江浙，下广州，及时将时髦服装运回投入市场，凭着腿脚勤快赢得了比其他人更多的收益。

靠着两人的共同打拼，服装店终于在繁华的商贸区站稳了脚跟，生意一天比一天红火，店面也由原来的一间扩大成了三间。后来，两人结成了夫妻，并先后生下了两个可爱的女儿。他非常爱正英，不仅把她看作是自己落难时的救命恩人，更是把她作为可以信赖终身的朋友和知心恋人。王阳明感到奇怪，钟鉴就是我们忠贞爱情的见证人，他怎么会说正英不是我的妻子呢?

钟鉴被王阳明的反问弄糊涂了:"阳明老总,你这是怎么啦?你不是和正英姐离了婚的吗?她怎么会来接你呢?"

离婚?我几时和正英离了婚?怎么会有这样离谱的事?王阳明一头雾水,茫然不解。钟鉴告诉他,他和李正英的服装店生意红火后,接着在全城几个商贸区开了几家连锁店,并创办起了自己的服装厂,经营规模越来越大,积累了上千万元的资产。王阳明迅速致富后,生活上也开始奢靡放纵起来,不仅参与豪赌,进夜总会,还泡上了一个发廊女。用王阳明的话说,杨水花年轻漂亮,性感十足,与这样的美女共度良宵,也不虚度此生。当时他情迷心窍,听信了杨水花的馊主意,吵着闹着与李正英离了婚。钟鉴极力劝阻他,叫他在婚姻大事上要谨慎行事,并提醒他杨水花是冲着他手中的钱财而来的,可他却瞪大了眼不顾一切地吼了起来:"人生在世,钱算个什么东西?我就是喜欢这个女人,哪怕把全部家产搭进去也值!"王阳明终究还是与杨水花结了婚。

"杨水花?谁是杨水花?"王阳明怎么也不相信钟鉴说的是事实,他头脑里是一片空白,"钟鉴,你是编故事来骗我的吧?我怎么会舍得与自己相濡以沫十多年的妻子离婚?又怎么会与一个龌龊不堪的发廊女结婚?钟鉴,你说说,我是这样的人吗?这也太荒唐了吧?"

自己亲自做过的事,却不承认,钟鉴把这一奇怪的现象告诉给了王阳明的主治医生。医生解释说:"车祸昏迷后苏醒的病人,确实有部分人会出现失忆现象。从王阳明的情况看,他还记得与前妻共同生活时的情景,而不记得与后妻结婚的事,说明他只是部分失忆。你熟悉病人的生活经历,你可以试试他到底失了多久的记忆。"

女儿到医院看望父亲来了。王阳明关心地询问:"萍萍,准备高考了吧?努力点,争取考上重点大学,为爸妈争口气!"女儿噘着嘴不高兴了："爸爸，你怎么啦？我是丽丽呀！姐姐早就考上大学走了，已读大三了呢！爸爸，你好偏心，难道你只记得你的大女儿萍萍，而不记得你的二女儿丽丽？"

女儿的不满把王阳明弄得很尴尬：丽丽什么时候长得与萍萍一般大了，我怎么一点也不知道呢？莫非我脑子真的出现了问题？

办完出院手续，王阳明要求钟鉴将他送到他与正英共同生活的家里去。钟鉴说："那怎么行？你们俩已经离婚，于法理于情理都使不得。再说，你现在是有妇之夫，你到正英姐家，正英姐把你当做什么人来安置？算了吧，你就别给正英姐出难题了吧！"王阳明见回家不行，就提出回新潮服装店去。钟鉴说："也不行，你们离婚分割财产时，新潮服装店已归了正英姐。要回你就回杨水花的家吧！"

王阳明一听翻了脸："什么杨水花柳水花，我不认识这个人！钟鉴，你别哪壶不开提哪壶，你要还是我的朋友的话，今后你就别在我的面前提起这个人！"钟鉴赶紧连连称是。别无去处，钟鉴只好将他送回了新世纪服装公司的老总办公室里。宽敞的办公室后面有一间卧室和简单的生活用品。王阳明来到这间堂皇气派的办公室，仍是恍然梦中，很是疑惑：真是奇怪，我是几时有一个这么大规模的服装厂的呢？

安顿好王阳明的生活起居及院外继续治疗的事宜后，钟鉴将这些年公司的发展情况再一次向王阳明做了汇报。他说，他已由当初新潮服装店的帮手，跟随着王阳明，升为新世纪服装公司的副老总了，负责产品的生产环节。自李正英退出后，由杨水花负责服装的销售和财务工作。王阳明感叹道："看来我真是失忆了！但是，我至今仍是弄不明白，我怎么会与一个发廊女结婚呢？这会是我做的事吗？真是鬼摸了脑壳，我的举动多荒唐啊！钟鉴，你得帮帮我，我要与杨水花离婚，赶快结束这荒唐的婚姻！"

离婚却遇到了麻烦。因钟鉴和王阳明的律师在王阳明与杨水花结婚时，就悄悄替他进行了婚前财产公证，两人结婚也才半年，杨水花还没具备与王阳明平分家产的资格。而新世纪服装公司自杨水花插手经营后，效益不断下滑，杨水花此时还没捞到什么油水，就死活不同意离婚。她的理由似乎也很充分，王阳明遇车祸后，头脑不清醒，现在做出的是不理智的举动，要离婚必须等他完全恢复记忆后才能够决定，不然他会后悔一辈子。可王阳明离婚的态度十分坚决，说跟一个我完全不认识的人生活在一起，这算哪门子事？最后忍痛给了杨水花一大笔财产，花钱买心安，才算结束了这段短暂而荒唐的婚姻。

与杨水花离婚后，王阳明向李正英正式提出了复婚的请求，却遭到了李正英的拒绝："王阳明，你头脑醒豁点，你把我当成了什么人？我是你家中的尿桶屎桶吗，想提就提？我是你脚上穿的鞋子袜子吗，想弃就弃？难道我就该认这个命呀：呼之即来，挥之即去？"

王阳明没想到离婚给李正英带来了这么深的伤害，他态度诚恳地向李正英认错："正英，是我不好，是我犯了迷糊，是我对不住你，我真不是个东西！你要打要骂要罚都可以，就请你原谅我这一回！"

李正英正色道："王阳明，你并没有糊涂，你并没有犯傻，想当初你迷上了那个狐狸精的时候，多少朋友劝你，可任九头牯牛也拉不回你！你现在才是糊涂了，糊涂到自己不知姓甚名谁了。等你恢复了记忆，重又恢复你的本性后，你那小妖精又会是多么年轻，多么漂亮，多么性感了！又会把你的七魂六魄都勾了去，我就又会成了一个只会挣钱不懂生活，只会武断没有柔情的黄脸婆子了！你还是清醒清醒吧，赶快回到你那温柔漂亮魅力十足的心上人身边去！"

王阳明见自己的真心悔改换不回李正英的谅解，就做出了一个大胆的决定：将自己所有的财产转到了两个女儿的名下。与李正英离婚时，李正英担心女儿跟着父亲会受"小妖精"的欺负，就坚持要了两个女儿的抚养权和监护权，王阳明将所有财产转到两个女儿的名下，实际上就是将财产转移给了李正英。王阳明下的决心很坚决："我之所以荒唐地与爱妻李正英离婚，与狐狸精结婚，都是钱多了惹的祸，看来钱财真不是个好东西！现在好了，我又是一个一文不名的人了，又是当初流落街头那个王阳明了，正英，你就像当初那样收留我吧，我愿意重新开始！"

在钟鉴和律师的极力劝说下，想到终究还是两个女儿的父亲，看他现在的态度真正是迷途知返了，李正英这才接纳了王阳明。但李正英还是不放心地提醒他："你可得想清楚哟，现在你还没完全恢复记忆，等你恢复记忆后，你不会后悔？"王阳明一本正经地回答："哎，我后什么悔？我得感谢车祸，感谢失忆，它让我找回了自我，恢复了人性。我就是恢复了记忆，也再不会失去理智，失去良知了。我如是再当陈世美，你让我净身出门！"

金屋不藏娇

郑鸿鹄头很疼很沉，迷迷糊糊中努力地睁开了眼。见自己赤身裸体地躺着，不禁吃了一惊：我这是在哪里？他赶紧起身找衣服，却见身边躺着同样一丝不挂的徐云裳。他浑身一颤，霎时急出了一身冷汗，头脑一下清醒过来了：唉！自己千躲万辞，终于还是掉进了这个蛇蝎美女设下的陷阱里！

徐云裳睡眼惺忪地起床后，向他摊牌了："郑总，你说我们的事怎么办？"

看着徐云裳厚颜无耻的神情，郑鸿鹄恼怒了："什么怎么办？我们什么事也没发生过，还能怎么办？"

徐云裳柳眉倒竖，把一张漂亮的脸蛋拧得变了形："啊，你说得轻巧，你和我连觉都睡了，你毁了我姑娘的清白，你能不负责？"

事情已经逼到了这一步，郑鸿鹄也不甘示弱："什么毁了你的清白？是我自己走到你的床上来的呀？是我自己脱掉身上的衣服的呀？你事先就把陷阱挖好了，还装出一副痛改前非的样子邀请我。真是卑鄙无耻！"

"郑总呢，你不要说这么些不知轻重的话了！反正我们已经光着身子睡在一张床上了，凭你怎么辩，这都是事实。是事实，你就必须对这事负责！"徐云裳像一只疯狗，咬住郑鸿鹄不松口。

郑鸿鹄见与她辩不清楚，对她这样的人多说也无益，把门一摔，气愤地走了。

三天后，办公室只有他俩的时候，徐云裳以一种挑衅者的姿态向郑鸿鹄说："郑总，我给你看一样东西！"

郑鸿鹄没理睬她，可是一张彩照还是摆在了他的面前。天哪！竟是他俩赤身裸体相拥而卧的照片！怎么能用这么阴毒的一招？这下我就是跳进黄河也洗不清了！她是存心想毁了我哇！不要命的也怕这不要脸的，郑鸿鹄先自软了下来："我们，找个地方，好好谈谈！"

在真情咖啡屋的一间雅室，郑鸿鹄着急地问："先说说那照片究竟是怎么一回事？"

"这还用问？就给你交个底吧，让你输得明白！给你喝的红葡萄酒我预先放了安眠药，你是我的姐妹们连扶带架弄到床上去的。这以后的事吗，自然是我给你脱的衣服啰，再用自动相机拍下我们俩的照片。事情就这样简单，你虽然是清白的，但你能说得清吗？"徐云裳恬不知耻的坦率和工于心计令郑鸿鹄吃惊。

郑鸿鹄强压住心中的怒火："你到底要怎么样？"

徐云裳奸诈地笑笑："这也很简单，与李晓岚离婚，同我结婚！"

"这办不到！除这一点外，其他任何条件我都答应你。你开个价吧！"

"哎，郑鸿鹄，你搞懂没有？难道我不比李晓岚漂亮？我不比李晓岚年轻？我配不上你？我主动找上门，是你拣了一个大便宜！"

"谢谢你了，徐小姐，我不愿拣这个便宜！"

"那好，我的态度也很鲜明，我只有这个条件，其他免谈！"徐云裳不改初衷。

"要是我不答应呢？"郑鸿鹄以守为攻。

"这还不好办？我加印几百张照片，到处散发，让你身败名裂，到那时，我看你怎么做人？李晓岚会再跟着你？商界谁还会再跟你做生意？"徐云裳甩出了她的杀手锏。

"卑鄙！放肆！徐云裳，我警告你，希望你不要那么做！你若要一意孤行，真那么做了，弄个鱼死网破，对你没半点好处！"

两人争论了好一会，谁也没有妥协。最后郑鸿鹄行下缓兵之计："给我一定时间，容我考虑考虑。"

徐云裳总算点头答应。

在徐云裳的再三催逼之下，三个月后，郑鸿鹄终于将他和李晓岚的一份离婚证明摆在了徐云裳的面前。徐云裳大喜，抱着郑鸿鹄狂吻不已，一下旋了三个圈。

不久，郑鸿鹄和徐云裳结了婚。新婚之夜，郑鸿鹄和衣而卧。徐云裳娇嗔地推他："还在生我的气？"郑鸿鹄心不在焉地摇摇头："既然已走到这一步，就不会生你的气了。""那又是为什么？""我……我……我不行。""你骗我。""真的。不然李晓岚为什么会同意我和她离婚，我对不住她。"徐云裳不作声了。

她想，我一个陪酒女千方百计应聘来做你的公关部长，就是想接近你；接近你后又千方百计地拉你下水，就是想成为经理夫人。有了经理夫人的宝座，就能控制住经理；控制了经理，就有不尽财富滚滚来。现在你"行"也好，"不行"也罢，我的目的已经达到，看你还能把我怎的？她假作温存地一把拉过了郑鸿鹄："不要紧的，明天我就陪你去看医生！"

如今，徐云裳的身份变了，工作更加卖力，鸿鹄机电贸易公司的经营如日中天，红火热腾。一天，郑鸿鹄对徐云裳说："我干了这么些年，觉得厌倦了，这公司你来干吧！"

徐云裳颇感意外："公司经营得好好的，你怎么能急流勇退不干了呢？"

"哎，这点你还不明白？我是想让贤，让你来当公司的总经理，主持全面工作。公司是我们自己的，我当然还得出力。"

"这……此话当真？"徐云裳认为郑鸿鹄总算正视了她的能力。哼，真是三十年河东，三十年河西，半年前还趾高气扬不可一世，现在乖乖地向我缴械投降俯首称臣了吧？她按捺不住内心的欣喜。

"谁还说过假话？"郑鸿鹄非常认真。

于是，公司的法人代表由郑鸿鹄改为了徐云裳，徐云裳登上了总经理的位置。徐云裳现在真正是喜出望外，志满意得。她不仅俘获了郑鸿鹄这样优秀的丈夫，做上了总经理夫人，还登上了总经理宝座，飘飘然有了种"君临天下"的感觉。她想，现在再不担心郑鸿鹄不听我的使唤了，你要是对我生出个二心，有什么异常的举动，刀举在我手里，我就先炒了你的鱿鱼。

角色对换后，徐云裳才知道这公司离不开郑鸿鹄，许多重大问题没有郑鸿鹄出面就几乎不能解决。特别是几桩与国外做的生意，由于郑鸿鹄熟悉国际商贸知识，又能直接与外国人进行语言交流，让公司大赚了几笔。

这天，郑鸿鹄收到他的一位同学柳岸明从伦敦发来的一份传真，说是帮他揽到了一笔很有赚头的生意，叫郑鸿鹄携款前来与客商签订合同。郑鸿鹄将这份传真摆到了徐云裳的面前："你看做不做这笔生意？"

徐云裳仔细地看过传真内容，想了想后说："做，怎么不做？有赚头的生意当然要做！"

"你去做吧！"郑鸿鹄推让道。

"鸿鹄，别为难我了，我哪是那块料呀？我那点英语水平哪敢和外国人打交道？还是你去最好，轻车熟路的！"

"可手头没那么多资金呀？"

"你以前遇到这种情况时怎么办的？"

"向银行贷款呀！我们公司在银行的信誉比较高，每次贷款都能及时偿还，银行也就放心地贷给我们了。"

"行，就贷款吧！把公司的流动资金都带走，不足的部分才去银行贷款，省得付那么多利息。"徐云裳很会精打细算。

"这事得你去办。"

"为什么呀？"

"我现在已没有资格向银行贷款了呀——我如今可是给你打工的啰！"

徐云裳省悟过来后，得意地笑了笑。她以公司的固定资产和居住的一栋别墅作抵押，向银行贷了800万元人民币，连同流动资金，约合150万美元，交给丈夫到英国去做那笔很有赚头的生意去了。

郑鸿鹄去了英国后，许久都没有回音，这可苦了在家独立支撑的徐云裳。她一方面要为在国外的丈夫生意顺利与否担忧，一方面为公司的经营日渐困顿而忧心如焚，她这才尝到了独自经营一个公司的酸甜苦辣。她盼望郑鸿鹄早日把好消息带回来，和她一起共同挽救这濒临倒闭的公司。

三个月后的一天，公司里来了一位中年人，自我介绍说是泾渭律师事务所的律师刘存理，他是受郑鸿鹄先生的委托，来向徐云裳女士转交郑鸿鹄的一封信和离婚协议书的。徐云裳疑惑地拿过郑鸿鹄的亲笔信和签有郑鸿鹄大名的离婚协议书，惶恐不安地看了起来。

原来，郑鸿鹄一直是深爱着自己的妻子李晓岚的，他非常珍惜自己的家庭，对李晓岚从没有二心。徐云裳采用卑鄙的手段，设下圈套逼郑鸿鹄就范，以郑鸿鹄的人品和能力，他是能说得清道得明，能挣脱徐云裳设下的圈套的。况且，自真情咖啡屋两人谈话起，他就采取了防范措施，暗中将徐云裳向他陈述的阴谋陷害过程和逼迫他的恐吓话语做了录音，凭这一点，徐云裳的阴谋就会被揭穿。

此时恰好郑鸿鹄在海外一个很有成就的同学邀他去海外发展，他有能力为郑鸿鹄全家办好出国的一切手续。郑鸿鹄左右为难，就将柳岸明相邀的情况和徐云裳阴谋陷害他的过程如实地向妻子交底。李晓岚本也无心去英国，现在见徐云裳这么卑鄙无耻和难以纠缠，担心今后还会生出些什么枝枝节节，就和丈夫一起商量，决定借机抛开烦恼去英国求发展，同时也该教训教训这卑鄙无耻的小人。于是就有了郑鸿鹄同李晓岚"离婚"并和徐云裳"结婚"的假戏。

郑鸿鹄在信中写道："我去英国时，带走了1300多万元人民币，同时也带走了当时公司财务状况的复印件。这笔钱，基本相当于公司的固定资产和我的别墅及汽车等财产，是我多年辛苦所得，我做了婚前财产公证的。该我的，我一分钱也不留下；不该我的，我一分钱也不多取。经济上的事，刘律师会代我理个清楚明白。"

他还写道："我在英国生活得很好，妻子近期也来到了我的身边。我曾经向你说过，李晓岚是我的妻子，我永远爱着她，这一点我至今没改变半分。我现在这么做，皆为你逼迫所致，虽为下策，实出无奈；对你来说，是利令智昏，自作自受，罪有应得。当然，我并不想推卸我应当承担的那一部分责任，无论是法律上或是道德上，我都准备着当原告或是被告。我有关的材料和几盘录音磁带，已交给了刘存理律师，我全权委托他替我办理这一切！"

郑鸿鹄在信的末尾提醒道："徐总经理，不要忘了你企业法人的身份，千万要记住银行贷款的偿还期，届时请一定如数归还本息！"

徐云裳读完郑鸿鹄的来信，如遭一记闷棒，一下懵了，顿时脸色煞白，周身发抖，眼前一黑，颓然瘫倒在经理转椅上。

End